SUNG YA NOTE VOL.5

秋境書店
胡媚兒
三百歲的狐仙，在人間的工作是平面模特兒。
個性樂天、活力充沛，像小狗一樣熱情親人，
喜歡變成狐狸向蒲松雅撒嬌。
她除了會法術和力大無窮外，胃袋完全是個無底洞。
蒲松雅
秋墳二手租書店店長，二十五歲，單身。
對動物熱情，對人類卻相當冷漠。
由於過去被背叛的經歷，因此對人類的信任感很低，
但只要能取得他的信賴，就會為對方赴湯蹈火。

蒲松雅和蒲松芳的母親，為人精明又不拘小節，聰慧大膽，只有在家人出事時會失去理智。

外貌是個和善的中年婦人，但實際上是個為了求生存不擇手段、殘忍奸詐的千年樹妖。

個性豪邁的城隍爺，行為舉止卻像流氓大哥，對於違規者和欺負自己弟弟的人毫不手軟。

秋墳書店經營者。個性慵懶，令人難以捉摸，喜歡捉弄和騷擾蒲松雅。實則是九尾天狐「荷狐洞君」，臺灣靈脈的管理者。

蒲松芳
蒲松雅的雙胞胎弟弟，小惡魔性格。乍看之下活潑開朗，
實則除了對父母和哥哥與聶小倩之外，不在乎任何人。
失蹤多年後再度出現，似乎正密謀著一項大計畫。
聶小倩
是個死了兩百多年的女鬼，受制於寶樹夫人。
她沉默寡言、逆來順受，原本被派去監視蒲松芳，
後來卻對蒲松芳起了異樣情愫。
9
00:61

神秘美豔的情報商女子，實則是寶樹夫人的徒弟，道行五百年的烏鴉妖，擅長驅屍術與詛咒。非常討厭不按牌理出牌的蒲松芳。

宋壹公的弟弟兼專屬乩童，長相斯文，沉默寡言，默默喜愛著胡媚兒。

宋壹正

旅居法國的珠寶設計師，人稱「金雕王子」。實為修行百年的金毛狐妖，胡媚兒的小師弟。骨子裡相當自傲，自認是胡媚兒的保護者。

秋墳書店的工讀生。和胡媚兒一樣樂天熱情的他，卻很容易把別人的善意解讀為愛意。

朱孝康

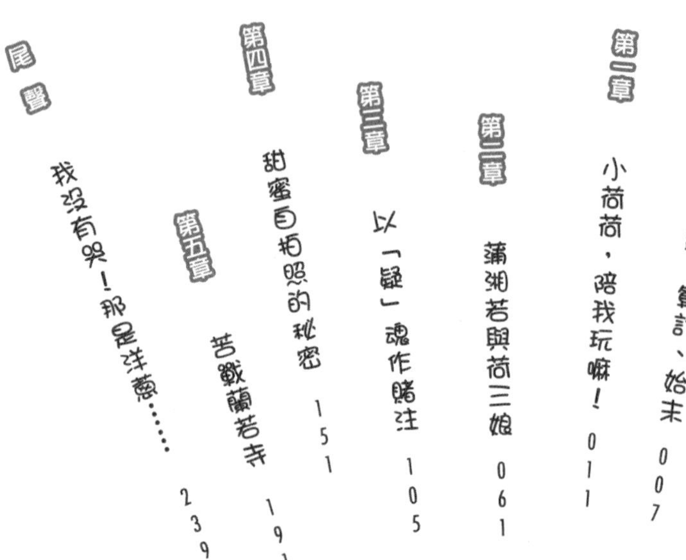

CONTENTS

SUNG YA NOTE VOL.5

楔子

結盟、算計、始末

他躺在半毀的涼亭中央，吸著充滿血味與燒焦味的空氣，雙眼無神的注視漆黑的天空。

——為什麼會如此？

他在腦中輕聲發問，但是無人做出回應，只有幾秒前就該散去的雷聲仍陰魂不散的糾纏著耳膜。

這是理所當然的事，因為這裡只有將死的人和已死的人。

將死之人是他，已死之人則是涼亭外的兩具屍體，其中被開腸破肚的是他的親人，渾身燒焦還冒著白煙的是他的仇人。

他側頭看著破碎的屍體，想要挪動身體靠近親人，然而骨折的腿無法行走，遭樹枝貫穿的手臂使不出力氣，他只能遠遠看著面目全非的至親。

——沒關係，死後就能相見了。

他聽見親人在腦中低語，如此消極的話語不符合他與對方的性格，但眼下也只能這樣了……

他相信，即使親人先走一步，也一定會在黃泉路上等待自己。

只不過，雖然他們倆很快就能見到彼此，可是另一個人卻不能，這點讓他有些擔憂又有

點慶幸。

擔憂的是，他不在後，對方要怎麼和陌生人交朋友？

慶幸的是，既然至仇被自己與親人合力拖進地獄，那麼另一個人應該能平平安安的活下去。

——對不起，拋下你一個人……

他對另一個自己道歉，打算放鬆身體接受死亡時，突然發現冒煙的屍體正在左右晃動。

「啊啊、啊……啊啊——」

焦屍一面哀號、一面扭動四肢軀幹，緩慢的爬向右側的水池，可惜在身體嚴重碳化之下，她移動的速度極為緩慢，哀鳴也越來越淒厲。

他凝視掙扎求生的焦屍，先對這怎麼殺也殺不死的仇人感到恐懼，接著恍然大悟。

他找到「為什麼會如此」的答案了，這個答案是如此簡單與殘酷，令他覺得自己與親人無比的愚蠢。

不過，愚行只到今天為止，他既然明白了，就不會再幼稚的大呼小叫，或是不自量力的想玉石俱焚，最後卻落得只有自己下黃泉的窘境。

他再也不會迷惘，或是希冀他人替自己伸張正義了。

「嗚……呃！」

他忍著劇痛驅使手腳往前爬行，拖著長長的血痕離開涼亭，一把抓住乾屍的腳踝。

乾屍停止往前爬，她微微偏頭朝後看去，被烈火燒融的臉雖然痛苦，但沒有失去冷靜與戒備。

而他也是，他衝著仇人微笑，吐出洋溢血味的話語：「吶，要不要和我結盟？」

第一章

小荷荷，陪我玩嘛！

陽光穿過落地窗與條狀窗簾的縫隙，照在蒲松雅的臉上。他側躺在一張足以容納四名男人的大床中央，背後靠著愛貓花夫人，肚子前被黑勇者占據，愛犬金騎士躺在床角邊。

蒲松雅因為光線的熱度皺了皺眉，緩慢的張開雙眼，盯著昏暗的房間片刻，掀開棉被迷迷糊糊的爬起來。

房門在蒲松雅起身時打開，一名頂著橘子色的貓耳與貓尾，身穿暗紅色中山裝的斯文男子推著餐車走進來。

「早安，松雅少爺。」

貓耳男僕——阿菊將車子停在床邊，他是一名高瘦清秀的男子，淺黃色的短髮間立著橘子色貓耳，長長的貓尾在衣襬下輕晃。

阿菊伸手碰觸牆壁上的窗簾控制鈕，一面拉開窗簾、一面微笑問：「您早上想喝咖啡、紅玉紅茶、早餐茶，還是茉莉花茶？」

「給我水就可以了……」

蒲松雅掩嘴打哈欠，摸著大腿邊露出肚子的愛貓，瞇起眼低聲道：「那個……你其實不用特地送茶進來，這太麻煩你了。」

「這是我的工作，沒有完成的話，二郎大人會責備我。您想喝哪種茶？」

「紅玉，謝謝。」蒲松雅想了想，回應道。

他從阿菊手中接過溫熱的紅茶，啜飲一口後轉頭望向落地窗。窗外的景象是周圍房舍的屋頂，以及在柏油路上奔馳的大小車輛。

此處不是蒲松雅位於三樓的老公寓，而是荷洞院十五樓的一角。

荷洞院是荷二郎的居所，雖然名字中有個「院」字，但並非傳統的四合院或三合院，而是一棟高達二十層樓的現代大廈。

蒲松雅十天前從醫院住進這棟大樓，跟他一起搬進來的還有自家的兩隻貓、一隻狗，以及當時也在醫院病房的胡媚兒。

一人一狗一狐二貓全住在十五樓，享受百坪的活動空間，外加神出鬼沒、數量不明的貓、狗、兔子僕人，這讓蒲松雅的心情非常複雜。他並不是對自己的居住環境有什麼不滿，相反的，這根本是他幻想過無數次的仙境。

沒錯，雖然在朋友親戚與寵物心目中，蒲松雅一直是個實事求是，和妄想、幻想無緣的人，但其實他紓壓的方式之一就是幻想。

每當蒲松雅在店裡遇到奧客、在街上碰到爛人、於電視上目睹欠揍的政治人物，讓他血壓上升、火氣高漲時，就會開始編織自己的極樂仙境。

在這個仙境中，蒲松雅有一張帝王尺寸的大床，好讓他與心愛的貓狗能睡在同一張床上；帝王尺寸的大床要配上帝王尺寸的屋子，屋中家具可以少，但是貓跳臺、貓吊床、貓抓板、貓通道不能少，狗窩、飛盤、軟球硬球、軟墊……以下省略二十件寵物家具當然也不能缺。

而有了房子，當然要有住進來的動物。蒲松雅希望屋中不管哪個房間，都能看見小動物穿梭躺臥，無論是懶洋洋的貓、精力充沛的狗、蹦蹦跳跳的兔子或小小一隻的老鼠，凡是毛茸茸的哺乳類動物他都歡迎。

不過，大房子會有打掃問題，蒲松雅雖然不討厭清潔工作，但百坪房舍掃起來可是很可怕的，所以最好有家事小精靈代勞。

以上就是蒲松雅心中的毛茸茸仙境，他時常躲進仙境中紓壓，而且不定時加入新設定。只是躲歸躲，他一次也沒有「或許哪天仙境會搬到現實中」的念頭。

如今，蒲松雅夢中的仙境降臨了。

他的寢室與自家公寓一樣大，屁股下是大得嚇人還附帶四根柱子的藍色床鋪；前方是柔軟的防跌倒地毯，地毯上放置著精心製作的貓狗玩具與跳臺……此外，還有像從樣品屋中搬出來的新家具，房間末端甚至有一間附無障礙設備的浴室。

寢室之外還有書房、客廳、餐廳、廚房等基本配備，而遊戲室、家庭劇院、運動與水療室等奢華配備也一應俱全，十多個房間加起來超過百坪。

而這百坪空間完全不需要蒲松雅打掃，眾多的貓、狗、兔子、鳥等妖怪會負責清潔；同時他也不需要煮飯、洗衣服、拿報紙，以上工作毛茸茸妖怪軍團統統會替他完成。

蒲松雅面對和夢中仙境近乎一致的居住環境，本該雙手合十，感謝老天爺賜給自己夢想中的生活，但事實上他既沒有感謝也沒有歡呼，反而心情沉重。

蒲松雅沉重的原因有三個：

第一個原因，是他不喜歡事事有人代勞，蒲家儘管曾是富貴人家，但家訓是「一日不做一日不食，與其肥死寧願累死」。

第二個原因，則是他現在吃飯、睡覺、看書、走路……一舉一動都有人盯著，二十四小時全活在監視之下，這實在非常令人煩躁。

而第三個原因……

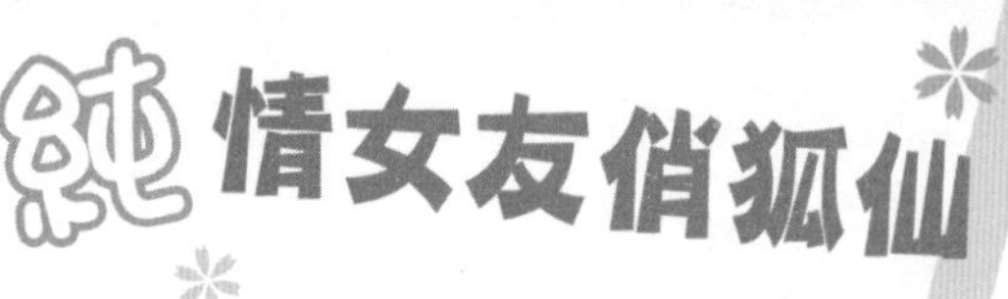

「松雅少爺，我來替您換衣服吧。」

阿菊站在衣櫥前，左手拿著一套青色的絲質唐裝，右手拎著深藍色的三件式西裝問：「您想穿哪一套？」

蒲松雅的臉色轉白，沉默三、四秒才開口道：「謝謝，但我可以自己換。」

「您還是傷患，為了避免拉扯到傷口，還是由我代勞比較妥當。」

「靠老闆的藥湯和藥膏，我已經好得差不多了，手上和腿上的傷都拆線了，腳上的石膏也打掉了，早就能自己脫衣服、穿衣服。」蒲松雅抿脣說道。

「二郎大人的靈藥雖能加速血肉生長，但是也僅止如此，您的肌肉和骨頭都還不夠穩固，需要多休息。」阿菊仍不死心的說服蒲松雅更衣。

「我已經休息夠多了，該進入復健程序了。」

「我會將您的意見反應給醫生。」

阿菊邊說話邊走回床邊，衣襬下的尾巴微微抖動，頭上的貓耳稍稍往前傾，雙眼緊鎖床上的蒲松雅。

蒲松雅的額頭上冒出冷汗。他認得這種肢體語言，每當他拿出逗貓棒或玩具老鼠時，花

夫人和黑勇者就是這種表情。

蒲松雅很清楚，阿菊在假借更衣之名，行逗弄人類之實，但他卻無法生氣，甚至擺不出比較凶惡的眼神。

為什麼？

因為蒲松雅是個愛動物不分年齡的人，即使對方是一隻超過三百歲的貓妖，他還是會近乎盲目的溺愛下去。

而這也是讓蒲松雅心情沉重的第三個原因：他完全被這些有著動物耳朵與尾巴，必要時還會真的變成小貓、小狗打滾撒嬌的僕人吃得死死的。

阿菊看穿蒲松雅的心思，笑容變得更加燦爛，一步步走向大床道：「別害羞，您是男人、我是公貓，更別提在您還沒拆線前，無論洗澡換衣服都是我負責。」

「我想自己來的原因和性別沒關係！」蒲松雅舉起手阻止阿菊靠近，「我很感謝你的照顧，但是、但是你不覺得應該停止了嗎？一個大男人連自己穿脫衣服都要人幫忙，這傳出去像話嗎！」

「荷洞院的隔音效果很好，而且我們的口風都很緊，松雅少爺不用多慮。」

「就算外人不知道，我也沒辦法向自己交代啊！」

蒲松雅抓起枕頭當盾牌，別過頭盯著地板吶喊：「算我求你了，讓我自己處理好嗎？」

阿菊嘆一口氣，將衣服放到床畔，伸手壓下枕頭認真道：「松雅少爺，您養貓養了那麼多年，應該很清楚我輩的習性吧？」

「……知道。」蒲松雅戒備的回答。

「那麼您應該清楚，貓兒是一種越是禁止，就越想嘗試的動物。」

阿菊驟然壓倒蒲松雅，搶下對方的枕頭愉快的道：「害羞的話就閉上眼睛，我會溫柔迅速的扒光您。」

蒲松雅雙眼瞪大，撈起另一個枕頭想做最後的抵抗，但在他把枕頭拉過來前，房門先一步打開。

「松雅先生、阿菊，你們……」

胡媚兒握著門把站在門口，遠遠看著阿菊左手壓人右手抓枕頭、蒲松雅右手抓床單左手掐枕頭，她沉默片刻後嚴肅說道：「松雅先生，我覺得一大早就打枕頭戰不是個好習慣，你這樣會讓阿菊很困擾。」

蒲松雅臉上的恐懼被無言所取代，他推開阿菊爬起來，舉起雙手將枕頭扔向胡媚兒。

礙於床鋪與房門的距離，以及蒲松雅的手臂還沒完全復原，枕頭在拍中狐仙的臉之前就落地了。不過，枕頭雖然沒打中目標，卻還是將人類從困境中救出來——阿菊看在蒲松雅真的發飆的分上，同意讓對方自己換衣服。

蒲松雅沒有穿唐裝也沒有穿西裝，他套上自己穿了十年的圓領衫與布長褲，拄著枴杖和愛犬愛貓一起前往餐廳。

荷洞院十五樓的餐廳與廚房位於同一個區塊，足以容納十人的原木餐桌置於區塊右側，深綠色和淺綠色的靠背椅如樹葉般包圍桌子，與牆上懸吊的金鐘花盆栽遙遙相映。

該區塊的左側則是島型廚房，廚房的方形島臺上安置著瓦斯爐和流理臺，烤箱、水槽、櫥櫃、雙門冰箱和另一組瓦斯爐則沿著L型的牆壁一字排開，寶紅色的系統櫃櫃門在陽光下閃閃發光。

當蒲松雅到達餐廳時，阿菊與胡媚兒已經坐在圓木桌邊，吃著另一名貓僕人虎斑所煮的鹹粥。

虎斑是一名高大的男性，小平頭上立著灰色貓耳，外表看似粗壯剽悍，但煮出來的菜餚卻十分精緻細膩。

虎斑與阿菊聽見蒲松雅的腳步聲，阿菊起身拉開椅子，虎斑則是轉身點頭道：「早安，松雅少爺，今天的早餐是鮮菇滑蛋粥，配菜有涼拌花椰菜與芝麻燙菠菜，水果是芒果與鳳梨丁，您要淋煉乳還是優格？」

「優格，謝謝。」

蒲松雅坐上椅子，看看在桌邊舀粥的阿菊，再望望走到流理臺旁盛裝餐點的虎斑，皺皺眉困惑的問：「這棟大樓中，最多的動物是貓嗎？」

阿菊搖搖頭道：「不，荷洞院中最多的是狐狸，第二名是鼠，第三名是狗，第四名才是貓。為什麼這麼問？」

「因為打從我搬進這裡後，看到的全都是貓。」

蒲松雅瞧見阿菊與虎斑的眉毛微微上挑，立刻舉手澄清道：「我不是對你們不滿意，兩位都非常優秀，我只是好奇才問。照顧我的都是貓，這是基於某種考量，還是偶然？」

「是基於某種考量。」

虎斑端著托盤走到桌邊，一面上菜、一面回答：「二郎大人為了讓松雅少爺好好休養，特別以『性格沉穩、腦筋靈活、行事幹練、不會輕易隨他人起舞』這四個條件來挑選侍從，而我輩完全符合上述條件。」

蒲松雅愣住，接著猛然搞懂荷二郎的企圖，微微扭曲著臉道：「你的意思是，老闆他為了讓我乖乖待在這裡養傷，刻意挑選比較我行我素、最不聽人類指示的貓當侍從嗎？」

阿菊微笑道：「就是如此，松雅少爺的腦筋真好。」

「別在這種事上稱讚我，我一點也……」

「才不是。」

胡媚兒忽然出聲，她放下和臉一樣大的碗公，罕見的冷著臉道：「二郎大人之所以選貓來當松雅先生的侍從，背後的原因只有一個。」

「哪個？」蒲松雅、阿菊與虎斑同聲問。

「那個原因就是……」

胡媚兒仰頭深深吸一口氣，猛然低頭手指蒲松雅的鼻子大吼：「松雅先生偏愛貓科類！沒錯，就是這樣，松雅先生偏心偏心偏心偏心偏心！」

蒲松雅鬆手，筷子落地。他傻住了足足五分鐘才回神，然後單手拍桌子吼回去：「妳在說什麼蠢話？我哪裡偏愛貓科類了？我也很喜歡犬科、兔科和鼠總科，妳哪隻眼睛看到我偏心貓科類了？」

「我的左眼和右眼！」

胡媚兒指著自己的雙眼，氣急敗壞道：「我的兩隻眼睛都看得清清楚楚，松雅先生你對阿菊和虎斑說話時表情比較溫柔，眼中充滿愛心和花朵；但是你和我說話時臉都凶巴巴的，而且動不動就瞪我或掐臉頰。」

「誰叫妳不懂得察言觀色，還老是做蠢事惹我生氣！如果妳把眼睛放亮點，我至少能多活十年。」蒲松雅反駁道。

「惹松雅先生生氣的人又不是只有我！每次阿菊把你當換衣娃娃玩，虎斑硬逼你多吃兩碗飯，你看起來明明有生氣，卻沒有罵或掐他們的臉頰。」胡媚兒嗓音拉高，指控著蒲松雅的偏袒行徑。

「那是因為我沒辦法對小動物生氣，這點妳再清楚不過了，不是嗎？」

「我才不清楚！我只知道如果我做一樣的事，你一定會狠狠掐我的臉頰，大聲罵我是笨

蛋。我也是小動物啊！為什麼沒有受到一樣的禮遇？這分明是差別待遇、種族歧視、抗議貓狗待遇不公！」

「妳給我差……」

「好了，兩邊都停下來。」

阿菊拍拍手，站到蒲松雅與胡媚兒之間，面向狐仙柔聲道：「小媚，我理解妳的不滿，但是妳誤會了，松雅少爺並沒有偏心貓科類。」

「明明就有！」胡媚兒嘟起嘴巴道。

「沒有喔。」

阿菊緩緩搖頭，動動頭上的貓耳道：「如松雅少爺所言，我和虎斑之所以能得到他的包容與喜愛，是因為我們是貓，不是人。換言之，他對我們的憐愛是建立在我們天生的種族，而非後天的性格、外貌或努力。」

「我也不是人啊！但我卻沒得到同等的寵愛，這不代表松雅先生偏心貓咪，會代表什麼？」胡媚兒不滿的別過頭。

「代表對松雅少爺而言，小媚不代表狐狸，小媚就只是小媚。」阿菊勾起嘴角淺笑，「如果松雅少爺只把妳當成一隻狐狸——就像我們三個一樣，那麼妳毫無疑問能得到與我們相同的寵愛。」

「但是事實上卻不是如此，因為對松雅少爺而言，小媚妳既是可愛的狐狸，也是令人放不下的笨女孩。不過，無論是狐狸還是女孩，他都十分喜歡妳，對妳有雙倍的喜愛，要不然怎麼會邀妳來同住呢？」

胡媚兒的雙眼由黯淡轉為明亮，扭頭期待的望著蒲松雅問：「是這樣嗎松雅先生？你喜歡作為狐狸的我，也喜歡變成人類的我，對我有比其他小動物加倍的愛，是這樣子嗎？」

蒲松雅張口再閉口，反覆數次後抬頭看牆上的時鐘問：「胡媚兒，妳今天幾點要和攝影師會合？」

「九點。那個不重要啦，快點回答我的問題。」胡媚兒雙眼明亮得彷彿星光閃爍。

「現在已經八點半了。」

「別轉移……八八八八點半了？」

胡媚兒從椅子上彈起來，看了時鐘一眼後，抓起椅子上的背包，慌慌張張的衝向電梯口吶喊：「已經這麼晚了嗎！糟糕糟糕糟糕，我明明答應雄哥今天一定不會遲到……阿菊，幫

我把我的那一份放冰箱，我明天回來再繼續吃！虎斑、松雅先生再見！」

「好的。小娟，路上小心。」阿菊揮手道。

「再見。但是小媚，妳的分早就吃完了。」虎斑低聲糾正。

蒲松雅沒有回應胡媚兒，他目送狐仙消失在電梯中，靠上椅背長長的吐了一口氣。感謝胡媚兒糟糕的時間感，他差一點就被逼入險境了。

▼※▲▼※▲▼※▲▼※▲

蒲松雅在吃完早餐、讓醫生檢查過傷口復原的狀態後，就轉至十五樓左側的書房。

不過該處與其說是書房，不如說是一座小型書庫。挑高四公尺的空間由木頭書櫃環繞，樓中樓的設計減輕了書牆的壓迫感，同時讓使用者能選擇在二樓走廊席地而坐，或是回到一樓坐在椅子上閱讀。

蒲松雅的腿還沒完全復原，又被醫生下了嚴禁爬樓梯的禁令，因此能選的只有一樓；同時，醫生也禁止他搬重物，所以找書拿書的工作全由阿菊負責。

蒲松雅對這兩項禁令沒有意見，拄著枴杖上階梯本來就是自找麻煩的事；此外，他也不清楚書房內書籍的排列方式，如果有人願意充當人形搜書機兼運書車，他也樂得輕鬆。

阿菊將七、八本精裝書和平裝書放在方木桌上道：「松雅少爺，書我放在桌上，您若是有其他需求就搖鈴，我會馬上過來。」

「好，謝謝。」

蒲松雅點點頭，他坐書房一樓中央的長方桌前，方桌上堆著兩座精裝書山、各色原子筆與鉛筆，與寫著密密麻麻文字的筆記本。

阿菊瞄了筆記本一眼，看起來想說點什麼，但最後還是作罷，僅是替蒲松雅倒一杯水就離開書房。

蒲松雅拿起自己昨天看到一半的書，翻到放著書籤的那一頁，左手翻書、右手記錄重點，兩層樓的書房中只有筆尖與紙張摩擦的聲音。

書房的門在蒲松雅振筆疾書時打開，開門者左右探頭，在瞧見蒲松雅的背影後露出奸笑，拎著拖鞋躡手躡腳的走過去。

兩人之間的距離漸漸縮短，開門者來到蒲松雅後方兩步處，鼓起胸膛大口吸氣，可惜在

空氣化為大喊前，一杯水先潑上他的臉。

「噗啊！」

開門者——朱孝廉發出難聽的哀號，抹著臉上的水珠高聲道：「店長你幹什麼啦！居然看也不看就朝後面潑水，很危險的耶！」

「我還在想是誰在故弄玄虛，原來是你啊。」蒲松雅起身，抽幾張衛生紙拍到朱孝廉的臉上道：「你沒事偷偷摸摸靠近我做什麼？」

「給你一個驚喜啊！」朱孝廉抓下衛生紙抱怨：「我特地帶著我珍藏的高樹瑪麗亞合輯，費了一番功夫，經過重重的身分檢查才上到十五樓探望你，店長你居然拿水潑我，這也太過分了吧！」

「誰叫你從背後靠近我。高樹瑪麗亞是誰？」蒲松雅皺眉問道。

「欸欸，店長你不知道高樹瑪麗亞？她可是我的女神，日本知名的ＡＶ女星，雖然她已經離開ＡＶ界，但我還是……」朱孝廉如數家珍的解釋起來。

「閉嘴，我一點也不想聽你談Ａ片。」

蒲松雅伸出手指彈朱孝廉的額頭，回到座位上繼續看書。

朱孝廉邊擦臉邊走到桌邊，看看蒲松雅手中的書籍與筆記，倒抽一口氣喊道：「店店店長住手啊！我知道你很討厭人類，但不要因此去研究怎麼毀滅人類啊！」

「啊？你在說什麼？」蒲松雅不解。

「店長你不是在研究邪惡的詛咒和魔法陣嗎？」

朱孝廉指著筆記本上詭異的蝌蚪文、工整的幾何圖形和人獸繪畫，面色凝重的道：「這些是召喚惡魔，或是引發山洪、海嘯、地震、隕石之類的魔法吧？然後旁邊那些咒語是咒死人之類的文字，以及給予你邪惡力量的……噗嚕！」

蒲松雅拿筆記本拍朱孝廉的頭，靠上椅背一臉受不了的道：「你在妄想什麼？首先，本子上這些和召喚、天災與詛咒無關，只是一些神祇的咒語和圖騰；第二，它們屬於中國佛道體系，和電視電玩中那些長白鬍子丟大火球的魔法師差了半顆地球的距離；第三，我如果真想毀滅人類，你覺得你有機會活著阻止我嗎？」

朱孝廉睜大雙眼，停頓了足足十秒才笑道：「說的也是，如果店長真的想幹掉所有人類，我應該會第一個被殺掉。太好了！這樣我就安心了。」

「你安心的點也太奇怪。」

蒲松雅皺皺眉，低下頭想繼續抄書，眼角餘光卻瞧見朱孝廉盯著自己不放，挑眉不悅的問：「又怎麼了？」

朱孝廉後退搖手道：「沒什麼、沒什麼，我只是在想，店長你既然不打算引發世界末日，那為什麼要找法術的書來看？」

「為了調查。」蒲松雅秒答。

「調查什麼？」

「調查……」

蒲松雅的話聲拉長，盯著朱孝廉好一會才開口道：「關於我搬到老闆家住的原因和過程，你知道多少？」

「多少……」朱孝廉摸著下巴回想，說：「小媚的師弟嫉妒店長和小媚感情好，把店長拐到廢棄公園的斷崖邊推下去，好在店長身上有老闆的護身法術，所以只有摔斷腿，沒有摔斷脖子。」

「不過店長也因此抓到師弟的把柄，拿著把柄威脅師弟。可惜威脅到一半，店長弟弟駕到，對師弟使出『砍掉重練之咬』後溜走。而老闆為了保護有稀有價值的店長，硬逼店長

撇……店長，你為什麼用那麼奇怪的眼神看我？」

「你為什麼知道的比我還多？」蒲松雅抽動嘴角問。他可不知道自己身上有護身法術，還有，「稀有價值」是什麼鬼？

朱孝廉愣住，尷尬的抓抓頭道：「我也不清楚，我只是把小媚跟我講的部分說出來。小媚沒跟你說過嗎？」

「她如果有說，我還需要坐在這裡翻書嗎？」

蒲松雅吐了一口氣，垮下肩膀翻動書本道：「胡媚兒沒告訴我任何事，而且不只她，這間屋子中的所有人都拒絕回答我『那晚阿芳到底做了什麼？』、『為什麼老闆是我的監護人？』、『關於我自身，你們是不是知道什麼？』……」

「所以我只能自行找解答，結果這一找才發現自己對仙妖世界一點概念也沒有，只好從頭惡補。」

「呃……我想他們也許只是希望店長專心養傷，不要想一堆有的沒的影響到傷勢復原。」朱孝廉猜測道。

「我受傷的是腿和手，不是腦子。」

蒲松雅雙手抱胸，雙眉因惱火而糾結，「而且養傷也不是他們閉嘴的主因，主因是老闆對他們下了封口令！」

朱孝廉看著蒲松雅怒氣沖沖的臉，停頓片刻靠近對方問：「店長，你有想過直接問老闆嗎？」

「當然有，但那傢伙在我不用打麻醉、恢復正常思考能力後，就沒再上樓了！」

「那店長你下樓去找他？」朱孝廉獻策道。

「我的活動範圍僅限本樓層。」蒲松雅回答，又想起前些日子他好不容易溜到逃生梯前，卻在開門前一秒被虎斑撈回房間的事。

「對方不上來，你又不能下去……」朱孝廉皺眉思索，腦中突然靈光一閃，雙手一拍開心道：「有了！店長，你去和老闆約會吧！」

「……你在開玩笑嗎？」

朱孝廉揮手表示沒開玩笑，認真的說：「不是啦！我很認真的。老闆不是常常抱怨，店長你老是拒絕他的邀約嗎？既然老闆那麼想和店長約會，只要店長這方主動邀人，老闆就一定會上鉤。」

蒲松雅的雙眼微微睜大，但卻馬上搖頭道：「不行，這招行不通，老闆不是笨蛋，一定會猜到我約他是別有企圖，不會上鉤的。」

「那就在邀人時熱情甜蜜一點，讓老闆明知道有鬼，還是忍不住朝鬼門關衝。」

「我不擅長熱情也不懂得甜蜜。」

「不，店長你很擅長。」

朱孝廉彎腰撈起地上的黑勇者，抓起貓兒的前腳，掐著嗓子細聲道：「『吶吶吶小荷荷，我們已經三天沒見面了，你有沒有想我啊？我很想你耶，上樓來陪我玩嘛～』店長你之前有用這種口氣，對巷子裡的野貓說話吧？」

蒲松雅的嘴角抽動兩下，轉開頭鐵青著臉道：「我是有，但是我和那隻貓咪不是三天沒見面，是四天！」

「天數不是重點啦！總之店長你有辦法用肉麻到死的聲音，講出噁心到爆的話語，只要你祭出這招，我敢拿我的蒼井空寫真集保證，老闆絕對會被你拐上來。」對於這條妙策，秋墳書店的工讀生表現得自信滿滿。

蒲松雅眉頭再一皺，問：「我不覺得老闆有那麼好拐。還有，蒼井空是誰？」

「是我的女神啊！你沒看過蒼井空的片子嗎？超實用的，我下次……」

「我對A片沒興趣！」

朱孝廉舉起雙手作投降狀，「好好好，我們不談愛情動作片。總之店長你沒拐過老闆，怎麼知道他好不好拐？」

「有些事不用實際動手，就知道不會成功。」

「店長太悲觀了啦，要對自己有信心啊！你奸詐又心機重，還是千年都不見得有一個的超稀有命格，區區千歲……呃！」

朱孝廉察覺到自己說漏嘴，雖然緊急閉上嘴巴，但他的話早就全被蒲松雅收進耳中。

「謝謝你的建議。」

蒲松雅露出令人不寒而慄的冰冷微笑，站起來搭上朱孝廉的肩膀道：「不過在進行這項建議前，你先把胡媚兒告訴你的事，一五一十、一字一句、完完整整的說出來。」

蒲松雅花了只花了短短幾分鐘拷問朱孝廉，卻耗費長長數小時才決定拐荷二郎的講稿。兩件事花費的時間之所以不一樣，是因為拷問朱孝廉很簡單，只要威脅要燒掉對方寄放在書店的寫真集，就能讓好色又膽小的工讀生全盤托出。

但是決定講稿很困難，蒲松雅講得出口的稿子不夠甜蜜熱情，夠甜蜜熱情的稿子蒲松雅又講不出口。

蒲松雅和朱孝廉為了在兩者間找出平衡點，寫光了半本筆記本，彼此互吼「店長現在不是顧尊嚴搞矜持的時候啊！」、「你是想故意羞恥 play 我嗎？」無數次，折騰了近三個小時，才勉強擬出下面這版兩人都能接受的文稿，而且發送方式還從蒲松雅親自打電話，退一步變成傳手機簡訊。

【荷二郎出來玩】作戰計畫第五十六版，我的店長是個大傲嬌篇——

給老闆：你今天晚上有事嗎？我想煮海鮮咖哩，但是胡媚兒要留宿攝影棚不會回來，一個人恐怕吃不完，你有空就上來幫忙吃。

ＰＳ１：你不上來也沒關係，反正你都已經整整六天又十二小時三十二分沒出現了，再多十小時、二十小時也沒差。

ＰＳ２：我會那麼精確的知道你多久沒上來，絕對不是因為我一直在等你，只是沒事幹罷了。

ＰＳ３：然後我之所以煮海鮮咖哩，也不是因為你愛吃海鮮，是我自己想吃才煮，和你一點關係都沒有。

ＰＳ４：註解有四條不是我心虛。

蒲松雅將以上文字輸入手機，掙扎了將近十分鐘才按下發送鍵，而且一按完就立刻後悔，趴在桌上祈禱手機訊號臺突然故障，全臺忽然大跳電，或是荷二郎的手機意外落水。

他的祈禱在短短五分鐘後宣告失敗，荷二郎回傳簡訊，內容是重複十八次的「我沒事、我有空」，末尾還附加一個愛心。

這讓蒲松雅不知道該下修荷二郎的智商，還是上修自己的運氣。不過，這個問題沒在他腦中占據多少時間，因為阿菊很快就進入書房，送上屋中的食物與調味料清單，問蒲松雅有沒有需要補買的物品。

蒲松雅瞪著洋洋灑灑四大張的清單，沉默幾秒後搖頭，從阿菊手中接過筆，自暴自棄的大勾特勾。

他沒漏掉一般海鮮咖哩會放的蝦子與花枝，而螃蟹、龍蝦、扇貝、鮑魚、生蠔……等等放在咖哩中頗為暴殄天物的材料也都入列。蔬菜部分，除了基本款的洋蔥、紅蘿蔔與馬鈴薯之外，他還選了花椰菜、香菇、筍子、番茄、節瓜……以下省略十項。

阿菊與虎斑一共跑了三趟才將所有物品備齊，食材與調味料從廚房的流理臺蔓延到餐桌上，堆成好幾座光看就讓人覺得疲憊的小山丘。

好在蒲松雅不需要自己處理這些食材，他有兩名貓男僕和朱孝廉幫忙，只需要指揮這三人把蔬菜削皮、海鮮去殼，等到要下鍋烹調時再站到瓦斯爐前就好。

四個人在廚房忙了整整三小時，才將兩大桌的生菜活海鮮變成散發熱騰騰香氣的菜餚。

「呼啊……」

蒲松雅坐在椅子上仰頭吐氣，動了動因為不斷翻炒與攪拌而發痠的手臂，眼角餘光瞄到朱孝廉在一旁喝可樂，停下動作轉頭問：「你怎麼還沒走？」

「走？」

朱孝廉的話聲飆高，放下可樂罐大喊：「我們不是要一起圍坐在餐桌邊，邊聊天邊享受辛勞後的成果嗎？把我榨乾後就一腳踢開，店長你也太無情了！」

「你留在這裡，我待會要怎麼和老闆談？」

蒲松雅看看牆上的時鐘，揮揮手催促道：「老闆差不多要上來了，你快點離開。我會付你薪水，比照打工時薪乘以二，這樣你沒意見了吧？」

「問題不是錢！」

朱孝廉雙手拍上餐桌，指著流理臺上以龍蝦頭與蟹殼裝飾的咖哩道：「你要我揮揮衣袖，告別畢生難得一見的超豪華咖哩，帶著一張薄薄的小朋友回家？我不能接受，絕對不能接受！我不會回去的，就算你燒掉我的收藏品，清空我的謎片硬碟，我也絕對不會屈服！」

「真的不會屈服？」蒲松雅挑眉問。

「……盡量不會屈服。」他快淚流滿面了。

朱孝廉跪下來，抓住蒲松雅的手搖晃道：「店長，你忍心看到自家可愛、體貼、仍處於發育期的工讀生，一個人窩在電腦前面，拿美食節目配泡麵嗎？就算要我拿著碗公窩在廁所吃也可以，別趕我走啦！」

「你的骨氣沒辦法維持超過五分鐘嗎？」

蒲松雅搶回自己的手，抬頭朝阿菊與虎斑問：「這裡有能耐熱、微波，而且不會讓湯汁

溢出的容器嗎？」

「有喔，單層、雙層、單格、多格都有，您需要哪一種、多大容量的？」

阿菊點頭回答，虎斑同時打開水槽上方的系統櫃，裡頭放的全是透明、耐熱、密封，而且未拆封的保鮮盒。

蒲松雅被保鮮盒牆嚇到，愣了一會才轉向朱孝廉道：「孝廉，你自己挑幾個盒子去裝飯和咖哩，要裝多少隨你的意思。」

「讓我隨意裝到爽嗎？萬歲，店長我愛你，你是我的巧克力！」朱孝廉高舉雙手歡呼。

「別說那種讓人雞皮疙瘩爬滿身的話！我雖然沒限制你裝的量，但是有限制你裝的時間，你必須在十分鐘內裝完離開，超過時限一湯匙都別想帶回去。」

朱孝廉的笑容瞬間僵住，他轉身直奔系統櫃，拿下五、六個保鮮盒猛塞咖哩與湯。

好不容易，朱孝廉在時限前五秒蓋上保鮮盒的蓋子，靠阿菊提供的帆布購物袋將盒子搬進電梯，帶著一臉傻笑離開荷洞院。

而在朱孝廉下樓後約五分鐘，電梯的門再度打開，荷洞院的主人、蒲松雅的老闆、海鮮

咖哩作戰的目標——荷二郎堂堂登場。

「小松雅，讓你久等了！」

荷二郎笑著跨出電梯廂，他穿著白底粉荷花樣的手工唐裝，柔亮的白髮豎起並以金花裝飾，秀美如畫的臉上堆滿笑容。

他聞聞空氣中濃厚的海味鮮香，愉快的走向餐桌道：「好香啊，小松雅下重本了嗎？」

「下重本的人是你。」蒲松雅拍拍阿菊拿給自己的食物清單道：「你在這層樓中蓋了一間冰庫嗎？這裡的生鮮食材的量也太多了，活像是要開餐廳似的。」

「荷洞院的二、三、四樓是餐廳，日式、義式、臺菜、法式統統都有，你若是有興趣，我可以帶你去吃。」

對於荷二郎的熱情回應，蒲松雅冷冷說道：「我對不能帶寵物進入的餐廳沒有興趣。」

「與我同行的話，別說是你家的貓狗，就算是大象都能進餐廳。」

「大象連一樓大門進不了吧？」蒲松雅皺眉，指著自己對面的位子道：「好了，過來坐下來吃飯，要不然菜都要涼了。」

荷二郎坐上蒲松雅指定的座位，而他人一入座，阿菊就開始上菜。

鮮蝦番茄盅、涼筍沙拉、義式蔬菜湯、海鮮咖哩一一上桌，而每上一道菜，荷二郎就會費上至少五、六分鐘驚呼與稱讚，細問著蒲松雅做了哪些處理。

完全出乎蒲松雅的意料，他雖然大肆使用高級食材，但在烹調手法與刀工上仍只是家常等級，怎麼想都不配得到荷二郎這種吃慣佳餚美饌的人青睞。而且除了讚賞之外，荷二郎的態度也讓蒲松雅非常驚訝，他本以為對方會抱持一定程度的戒備，或者像過去一樣以難以捉摸的言行玩弄自己，結果荷二郎兩者皆非。

荷二郎像是好不容易得到珍愛玩具的孩子，笑得比任何時候都燦爛，黑瞳內閃著明媚的光輝，言語中不見以往的算計，只有真誠的讚美。

荷二郎很高興蒲松雅約自己吃飯，而且完全沒意識到對方別有所圖——蒲松雅察覺到這個事實，即使他一點也搞不懂自己何德何能可以用一頓飯讓坐擁無數房產店鋪，並且統帥上百名精怪的美男子如此欣喜。

不，不只是這頓飯，打從蒲松雅第一次見到荷二郎，就無法理解這個與自己非親非故、毫無交集的男人，怎麼會處處照顧他。

不知緣故的善意令人不安，蒲松雅在經歷過親友的嚴重背叛後，更是無法信賴與接受這

種目的、動機皆不明的善心，所以荷二郎越是向他示好，他就越戒備與迷惑。

「……小松雅，湯匙停下來了喔。」荷二郎指指蒲松雅的右手，端起熱茶微笑道：「咖哩要熱著吃才好吃，發呆與思考之類的事，等飯吃完再做。」

蒲松雅抬起了湯匙卻又再度放下，沉默片刻低聲問：「『兩界走』是什麼？」

荷二郎持杯的手指縮了一下，他先以眼神詢問阿菊、虎斑，得到兩人的否認後，嘆一口氣蹙眉道：「是小孝廉……不對，是小媚兒那邊說漏嘴的嗎？」

「是誰說的不重要。回答我，『兩界走』是什麼？」

「你和你弟弟的命格，是相當稀有的命格。」

「這個命格有什特殊的地方？」蒲松雅追問。

「名字很特殊。」荷二郎答得流暢自然。

「你之所以會成為我的監護人，和這個命格有關嗎？」

「不，那是因為我喜歡小松雅。」

「阿芳身上發生了什麼事？他為什麼能把胡瓶紫變回原形？」

「偵查中，結果不公開。」

蒲松雅的臉上浮現青筋，勉強忍著怒氣問：「你到底瞞了我多少事？」

「不多，只比你想像中多一點點。」荷二郎邊說邊舀起一匙咖哩飯，閉起眼細細咀嚼品嘗道：「有點白酒的味道，小松雅用酒蒸過海鮮嗎？」

蒲松雅沒有回答，只是怒視荷二郎。

他太小看自家老闆了，本以為只要將人拖到桌子前，利用從朱孝廉口中挖出的零碎情報，就能從荷二郎口中套出更多線索，結果對方除了他已知的部分外，半個字都沒多說。

惱怒與挫敗感擠壓著蒲松雅的胸口，他低下頭瞪著面前的空盤，握緊手中的湯匙，即使肌肉發出抗議也不放鬆。

「知道那些事又有什麼意義？」

荷二郎的低語從桌子另一端傳來，他臉上不見慵懶的笑容，只有淡淡的惆悵，「你所失去的不會因此回來，人生也不會變得更快樂，只是徒增煩憂，何必呢？」

「有沒有意義，等我知道後，自己會做出判斷，你沒有權利替我做篩選。」蒲松雅沉聲回應。

「我有呦，我是你的監護人，而且……」

荷二郎停頓片刻，罕見的板起臉道：「你根本不明白自己在問什麼，你所追尋的答案，遠比想像中危險。」

「……沒有比懵懂無知更危險的事。」

蒲松雅放下湯匙站起來道：「我想你我之間大概沒辦法取得共識了。感謝你這段期間的照顧，住宿費請你列一張清單給我，我會分期付款還你。」

「你要離開荷洞院？」荷二郎睜大雙眼問。

「正確來說是離開你——我要辭掉秋墳書店的工作。我沒辦法和一個把我當成三歲小孩，絲毫不信任我的判斷力與能力的老闆共事。再見，祝你早日找到新店長。」

語畢，蒲松雅轉身朝寢室走，不過他沒走幾步身體就突然定住，卡在餐廳與客廳間動彈不得。

「你這種一旦決定目標，無論付出多大代價都要完成的性格，和三娘真是一個模子印出來的。」

定住蒲松雅的人是荷二郎，他搖著頭走到對方面前，負著手淺笑道：「不過三娘的脾氣是遺傳自我，所以我也一樣，我不會讓小松雅走出荷洞院。」

蒲松雅動不了口，只能將力氣與憤怒集中在眼中，直直瞪向荷二郎。

荷二郎接下那道殺人目光，輕拍蒲松雅的肩膀道：「別不高興，我並不是要逼你屈服，我會提出交換條件，讓你願意放棄追究答案。」

聽你在說瘋話——蒲松雅以眼神回話。

荷二郎笑了笑，轉身繞著蒲松雅走，「雖不到無所不能的地步，但是世俗中人渴望的物品，諸如華樓香車、嬌妻美僕、金銀財寶、名聲權勢，這些我都能給你。此外，雖然無法讓你長生不老，不過無病無痛長壽過一生倒也沒問題。」

蒲松雅瞪著荷二郎，在對方打響指解除定身後，立刻開口：「我對那些……」

「沒興趣。我知道，小松雅的喜好與世俗人不同，不會對這些俗氣的東西感興趣。」

荷二郎回到蒲松雅面前，前傾身子靠在對方的耳畔道：「所以上面那些只是附帶條件，真正的交換條件是『這個』。」

荷二郎的「個」字一落，蒲松雅的身體立刻恢復自由，不過他並沒有逃跑或揮拳揍人，因為他被眼前的景象嚇呆了。

蒲松雅眼前有著一條、兩條、三條……總共九條白狐尾，銀亮蓬鬆的尾巴從荷二郎身後

展開，塞滿了他的視線。

除了狐尾外，荷二郎的頭頂也多了一對白狐耳，毛茸茸的耳朵輕輕顫動，細柔的白毛反射著燈光。

「這……怎、怎麼……」

蒲松雅踉蹌後退，右腳不小心絆到枴杖，狼狽的跌坐在地板上。

荷二郎曳著九尾走向蒲松雅，蹲在驚慌失措的人類面前笑道：「怎麼了？小松雅應該有看過小媚兒的半狐之姿，不應該如此驚愕啊。」

蒲松雅還沒反應過來，口中喃喃自語：「胡媚、胡媚兒只有……」

「三條尾巴。」荷二郎替蒲松雅把話說完，搖搖宛若孔雀開屏的白尾道：「而且長度不及我的三分之一，粗細上也僅有二分之一，是嗎？」

蒲松雅猛點頭，他看看左右輕搖的狐尾，再望望荷二郎微微下垂的漂亮耳朵，情緒漸漸從火大惱怒，轉為看見陌生流浪貓狗時的心癢難耐，接著猛然意識到對方在打什麼主意。

「犯規！你這是犯規！」蒲松雅一面吶喊、一面踢著地板後退，直到背脊撞上餐桌腳才停下來。

「犯規？」荷二郎壓下一邊的耳朵，手腳並用爬向蒲松雅道：「我是狐狸，不懂人類的規矩。」

「你明明就懂不要裝傻不要再搖尾巴了可惡可惡可咳咳咳！」

「小松雅，講話別太急，記得斷句和換氣啊。」

荷二郎拱起尾巴，將蒲松雅困在九條尾巴與桌腳之間，笑道：「如何？你對我現在的模樣還滿意嗎？不滿意的話，我也能恢復真身，讓你看看貨真價實的九尾天狐。」

「能摸……不、不對！」

蒲松雅用力搖頭，舉起手遮住眼睛吶喊：「收起來，統統收起來！我不是為了摸狐……不要用尾巴碰我的臉、蹭我的手！」

「為什麼不要？小松雅明明很喜歡，你的心情全寫在臉……嗚！」

荷二郎突然頓住，雪白的狐耳之間多了一隻皮鞋，鞋子下壓的力道令他的頭下垂將近九十度。

踩荷二郎的人是宋燾公，城隍爺附在弟弟身上，叼著香菸冷冰冰道：「喂！下面這位滿頭白髮的千歲老頭，再不住手我就把你當成猥褻罪現行犯逮捕。」

「燾、燾公大人，請您住手啊！」

阿菊在宋燾公背後大喊，橘子色貓耳完全壓平，極度惶恐的道：「請您在會客室等我們通報，這樣擅自闖上來我輩、我輩實在……」

「我會負擔一切法律責任。」宋燾公回答，揮揮持菸的手趕人道：「這裡沒你的事了，下去吧。」

「可是二郎大……」

「阿菊，今晚辛苦你了，回房間休息吧。」

荷二郎瞪著地板，皮笑肉不笑的道：「我會好好和宋先生討論，在拜訪他人住宅時，應遵守哪些禮節與規矩。」

「我不是來拜訪你，我拿搜索票進來執行公務。」

宋燾公收回腳，從西裝暗袋中掏出一張拇指大小的紙片，抖動一下，將紙片還原成長五十公分、寬二十公分的黑底紅字文書，「看仔細了，這是蓋有酆都大帝和你師父碧霞元君聖印的諭旨，這下子你沒意見了吧？」

荷二郎轉頭注視著諭旨，將上頭的文字細細讀過一遍後，沉下臉冷笑道：「我上回說，

我只認同蓋有碧霞大人與酆都大帝聖印的諭旨，沒想到宋先生真的弄來了，你真是有心。」

「誰叫我遇上一個膽敢讓城隍爺空手而歸三十七次的狐仙，這麼大膽的狐狸翻遍地府天庭的紀錄也沒有第二隻。」宋燾公哼了一聲。

「我一向以自己的前無古人、後無來者自豪。」

「你是指臉皮嗎？」

「等一下！」

蒲松雅大喊，抓著頭混亂的看著宋燾公與荷二郎問：「現在是在演哪齣？諭旨是什麼？空手而歸和執行公務又是怎麼回事？你們兩個別光顧著吵架，向我解釋一下啊！」

宋燾公愣住幾秒，朝蒲松雅伸出手道：「啊抱歉，我一看到這隻老狐狸就火大，忘記你也在這裡。」

蒲松雅瞪著宋燾公，放棄抱怨握住對方的手，藉城隍爺的臂力站爬來問：「你們談的事情我能聽，還是要迴避？」

「你要是迴避，我就頭痛了。」宋燾公偏頭指指荷二郎道：「我要找的人是你，不是老狐狸，但是老狐狸善用他的義務與權利，把我擋在一樓大廳整整九天，我才只好去申請搜索

票——諭旨。」

「小松雅是傷患，在傷勢復原前不宜和煞氣太重、不懂禮貌還咄咄逼人的對象談話。」

荷二郎收起狐尾狐耳，轉身面對宋熹公道：「宋先生，你們談話時，能讓我旁聽嗎？」

「隨便你，反正不管我說什麼，你都會賴著不走。」

宋熹公繞過荷二郎來到餐桌前，拉開一張椅子坐下問：「松雅，關於你自己和你弟弟遇上的事，那隻老狐狸對你說了多少？」

「什麼都沒說。」蒲松雅回答，同時坐到宋熹公對面。

「什麼？！」

宋熹公的聲音飆高，瞪著蒲松雅驚愕的問：「都沒說是什麼意思？荷二郎沒告訴你，你和你弟是什麼人、你媽和他是什麼關係、你弟口中的盟友又是誰，還有我可能會拜託你做什麼事嗎？」

「全都沒有。事實上，老闆連他自己的真實身分都沒講，如果你能替我解答，我會很感謝。」蒲松雅口氣淡淡的說著。

「這也太……」

宋熹公暗罵一句髒話，伸手從原木桌的抽屜中拿出菸灰缸，捻熄香菸道：「荷二郎你也太誇張了，好歹告訴松雅他是誰，平時需要注意什麼吧？」

「如果『兩界走』能靠多注意就能控制住，天界和地府的大人物就不用憂心到食不下嚥了。」荷二郎露出沒有溫度的笑容，走到蒲松雅身邊，將手放在蒲松雅所坐的椅子上。

宋熹公的目光轉黯，沒有回應老友尖銳的諷刺，把視線放回蒲松雅身上道：「既然你全都不知道，我就從頭開始說明了，而說的順序……從自我介紹開始吧。首先是荷二郎那個老混蛋，他是秋墳書店的擁有者，靠著數不清的地產收租過活，你所知的荷二郎是這樣吧？」

「是。」蒲松雅停頓幾秒，又補充：「我在五分鐘前發現他是九尾妖狐。」

「正確的稱呼是『天狐』。」

宋熹公以熄滅的香菸指向荷二郎道：「這傢伙是修煉上千年，取得仙籍與道號『荷狐洞君』的天狐。狐狸只要道行破千就有九尾，但只有登仙位的狐狸能被稱為天狐。取得天狐資格的狐仙很稀少，一隻手就算得完，而整個東亞也只有三隻，其中一隻就站在你旁邊。」

「以『隻』稱呼朋友很沒禮貌喔。」荷二郎笑道。

「朋友？我們不是八百萬年前就絕交了嗎？」

宋燾公瞪了荷二郎一眼，放下香菸，「荷二郎很擅長操控、探測與利用靈脈的法術，所以他也被上面任命為臺灣的靈脈管理者，同時兼任精怪界的市民代表，不過這兩項工作不是被這傢伙晾在一邊，就是拿來自肥了。」

「靈脈」和「自肥」讓蒲松雅想起秋墳書店，他一直覺得那家書店會有穩定的客源是件詭異的事，但如果荷二郎有利用靈脈風水之類的手法攬客……

彷彿要證實蒲松雅的猜測一般，荷二郎笑盈盈的反駁：「我在自己所照顧的靈脈上蓋些能獲利的店面有什麼不對？上面沒有付我薪水，我不自己賺要吃什麼？」

「吃空氣行光合作用啊！你是仙人，又不是凡人。」宋燾公嘴上毫不留情。

「那樣太無聊了，我就是對無憂無慮的天界感到厭煩，才留在凡界和宋先生作伴啊。」

「我不需要你的陪伴，你這……等等，你在岔開話題吧？在藉由挑釁我岔開話題吧？」

「哎呀，居然被發現了，今天的宋先生特別機靈呢。」

宋燾公的臉上爆出青筋，強忍著怒氣道：「荷二郎的介紹到此結束，接下來是松雅你自己。你和你弟單論生理特徵是普通人類，但命格上是『兩界走』。你需要我解釋什麼是命格嗎？」

「那是指算命先生口中，決定一個人是富貴命、乞丐命或帝王命之類的命格嗎？」蒲松雅追問道。

「就是那個命格。命格是一生下來就定好的東西，至於是誰用什麼方式定的，詳細講起來要十天半個月，你有興趣再自己去問小媚或荷二郎。」

宋燾公指指荷二郎，回到正題上道：「不過，一般命格是決定人的職業與榮辱貧富，『兩界走』卻不是。『兩界走者，遊於兩界之間，無定無限，不可測量。』這是地府的命相書中對兩界走的描述，你們不受規範和常理限制，因此無法推算。」

「兩界之間……」

蒲松雅重複這四個字，皺皺眉不解的問：「是陰界、陽界那種兩界嗎？但是我又沒有陰陽眼，小時候和阿芳一起去鬼屋探險時，也從來沒撞過鬼。」

「兩界走的兩界不是陰陽兩界，是『此界』與『彼界』。」

宋燾公解釋著，他看蒲松雅一臉困惑，隨手抓來一個空玻璃杯，舉例說明：「假設這個杯子中有一個人，那麼對這個人來說，『此界』是他所處的杯子裡，『彼界』則是我們所在的杯子外。到這邊還聽得懂嗎？」

「懂。」

「很好。那麼假如我這麼做……」

宋熹公將杯子倒扣在桌面上，敲敲透明的杯底問：「杯子中的人要怎麼從『此界』移動到『彼界』？」

「從杯緣與桌面間的縫隙鑽出來。」蒲松雅不假思索回答。

「如果沒有縫隙呢？」

「在杯身或餐桌上打洞，或是請第三者幫忙移開杯子。」

「還有直接炸掉杯子——假如杯中人不要命的話。」宋熹公半開玩笑的補充，隨即將杯子翻正，繼續解釋：「以上是普通人的做法，無論哪種都必須破壞或挪走杯子，但如果杯中人是『兩界走』，他既不用打破也無須挪開，只要『想』走出去，就能走出去。」

蒲松雅的肩膀震動一下，腦中浮現自己在壁畫前、鬼打牆的廁所中，憑藉想像中的門闖進去或逃出來的記憶。

「沒錯，就是你想的那樣。」

宋熹公緩緩點頭，轉著玻璃杯進一步說明：「兩界走不受此界與彼界的限制，不管兩界間有哪種障蔽，他們都能自行製造出入口，必要時還能隱蔽自己製造的通道，或是反過來挖出一個讓障蔽崩壞的大洞。」

「這兩種方式我都做過。」蒲松雅半舉著手自首。

「我知道，小媚的報告上有寫。」

宋燾公點頭，放開杯子道：「但是兩界走最恐怖的地方不是開門挖洞，很多法術都能達到同樣的效果，而是這個命格沒有極限，只要擁有者多練習，不管是南天門還是十八層地獄，只要想一下都能打開。」

蒲松雅微微瞥開頭道：「我沒有開鬼門或天門的打算，也不想磨練這種奇怪的技能。」

「我相信你沒有登天入地的打算，但你恐怕已經不知不覺把這項技能練得很熟了——壁畫和廁所不是你唯一用想像力打開的東西吧？」

「當然……」

蒲松雅本想回答「當然只有這兩個」，然而他猛然憶起翁家的大門，以及扣住翁長亭的手銬。

他當時急著救人，見到門開了、手銬鬆脫只覺得鬆一口氣，事後雖然曾經覺得不太對勁，

但也以「大門沒關好」、「手銬年久失修」解釋，壓根兒沒想到開鎖的是自己「快點打開」的心願使然。

「我就知道不止那兩次。」

宋燾公拿著玻璃杯起身走到廚房，一面開濾水器接水、一面道：「兩界走的力量會隨著使用次數，以及周圍人的氣影響而增強，所以你雖然沒用幾次，但拜身邊的大、小狐仙之賜，區區幾次就讓你擁有媲美地仙的破陣能力。」

「……我之後會克制。」蒲松雅低聲應道。

「你願意自制最好，我可不想讓任何人找到藉口，把你關起來或抓去研究，這會讓某人瞬間入魔。」

宋燾公一邊說，一邊瞄了荷二郎一眼，喝一口玻璃杯中的水，「不過，同樣是兩界走，你和你弟擅長的方向不太一樣。你就目前表現出來的部分，應該是偏向空間遊走，而你弟根據小媚的描述、瓶紫的慘況和你腿中那顆子彈——裡頭有你弟的血液——來分析，他應該是屬於氣的交換。」

「氣？」聽到敏感的名詞，蒲松雅追問。

「類似能量之類，維持靈魂與生命運作，而且因為每個人、妖、仙都不同，還能兼做身分辨識和健康檢查的樣本。」

宋焘公邊說邊回到餐桌，坐下來皺眉道：「而你弟弟所擅長的交換……舉例來說，人們如果想吸收蔬菜、水果、魚肉、米飯中的營養素，必須做很多很多的處理，像是切塊煮熟、咀嚼消化之類，總之不能直接把蘋果或牛肉整塊塞給細胞。」

「氣也一樣，假如有某個鬼想吸取人類的陽氣，它得先拍熄人類雙肩與頭上的三把火，然後再將自己的陰氣覆蓋上去，侵蝕那人的護身氣場，鑽出個洞後才能吸食。而你弟的能力是跳過消化與削弱程序，不做任何事前準備就把他人的氣抽出來，收到自己體內利用。」

蒲松雅蹙眉問：「真的不用做任何準備嗎？至少要碰到對方吧？阿芳之前是先咬住胡瓶紫，接著才開始吸他的氣。」

「是要先碰到人沒錯，但碰觸的媒介不限於手腳，血液也可以。」

宋焘公將手伸入口袋，拿出裝有子彈的透明塑膠袋道：「還好這顆子彈是被你的大腿攔截，如果是射進小媚的身體中，小媚也會和瓶紫一樣，在眨眼間被吸回原形。」

「我不認為這能稱為『還好』。」一直站著的荷二郎壓在椅背上的五指收攏，掐得木椅

背迸出裂痕，「小松雅的氣也有被吸走一些，若不是將子彈及時取出，他現在還得躺在床上調養。」

「他現在看起來精神很好。」

宋燾公收起子彈道：「你弟弟除了基本的吸乾或輸入外，恐怕還有個進階應用技──『氣同仿』，將自身或他人的氣與第三者同化或模仿。」

「根據小媚的報告，她在第一次見到你弟身邊的女鬼『聶小倩』的時候，沒在她身上感受到鬼氣，直到她見到對方亮白綾時才認出對方是厲鬼。這應該是你弟利用法術結合『兩界走』的能力，製作出某種能將鬼氣持續轉為陽氣的道具。如果這個推測為真，那我們就頭痛了，那個該死的寶樹姥妖一定會利用這個能力隱藏起來。」

「寶樹姥妖是誰？」蒲松雅問，他總覺得這個名字莫名耳熟，卻想不起來在哪裡聽過。

「啊對不起，我說太快了。」宋燾公拍拍自己的頭，解釋道：「寶樹姥妖，自稱寶樹夫人，是棵兩千多歲的大樹妖。以她的道行早就該登仙位，但是卻因為害怕死亡而修煉噬魂奪命術，將可能危害到自己的人、妖、仙吞食殺害，所以她不只沒成仙，還成為天庭和地府的通緝犯。」

荷二郎瞇起眼，以含著濃烈殺意的聲音道：「那個妖物五百年前就該自盡謝罪。」

「壞蛋如果會自殺謝罪，那就不是壞蛋了。」

宋熹公輕嘆，轉向蒲松雅嚴肅道：「我的手下分析過子彈和壁畫上的法術，術式中有寶樹姥妖的獨創術法，所以你弟弟口中的合作對象，有很高的機率就是寶樹姥妖，而且……我懷疑她也是殺害你父母的凶手。」

蒲松雅愣住，瞪著宋熹公好一會才僵硬的問：「等一下，我爸和我媽明明是……」

「死於車禍和山難。」

宋熹公替蒲松雅說完話，然後從西裝暗袋中拿出新紙片，抖動一下，將紙片還原成一本紫皮書，「我知道，但那只是警方的說法，不是地府卷宗記載的真相。」

荷二郎盯著沉甸甸的紫皮書，頓了兩、三秒才反應過來，一掌拍上餐桌尖聲道：「熹公，你、你……我不允許你做這種事！」

「這是松雅該知道的事。」宋熹公面無表情道。

「這是他沒必要承受的折磨！」荷二郎厲聲回擊。

蒲松雅看著突然進入劍拔弩張模式的天狐與城隍爺，抬起手在兩人之間揮了揮問：「喂，怎麼了?那本書有問題嗎?」

「沒問題。」

「非常有問題。」

宋燾公與荷二郎同聲回答，也同時在答完後瞪向對方。

先收回瞪視的是宋燾公，但這並非是示弱或敗陣，他只是果斷的改變策略，起身將紫皮書推向蒲松雅道：「要不要看由當事人決定吧。松雅，這是『參冊』，是擷取亡者記憶後製作成的書籍，城隍和閻王會在看完參冊後，決定該名死者的判決。」

蒲松雅盯著紫皮書，右手握拳問：「這是……我父母的嗎?」

「是你父親的。當然，這不是完整版，而是擷取你的父母從相識到過世時期間的記憶，並且刪去其他不相干的情報，所做成的刪節版。」宋燾公明快回應。

「你給我看這種文件可以嗎?」

「為什麼不可以?你父親的參冊本來就歸我管，再說雖然現在已經問不到你爸或你媽了，但我想他們不會反對。」

「我反對。」荷二郎低聲道。

「可惜你不是松雅的父親蒲湘若，也不是他的母親荷三娘。」

宋熹公再次將書往前推，收手坐回位子上道：「參冊的外型雖然是書，但內容物比較接近電影，翻開書皮等同按下播放鍵，裡頭的內容會自動輸入你的腦中。」

蒲松雅伸手觸摸書皮，慎重的撫過暗紫色的封面，再輕輕掐住書封邊緣緩慢的往上拉。

「對了，我忘記講一件事。」

宋熹公從口袋中拿出香菸盒，抽出一根香菸道：「要成為『兩界走』有四個條件，第一個是必須為雙生子；第二個是必須在除夕跨入初一的前後一分鐘內出生；第三是孩子誕生過程中不得以任何人工手段，諸如計畫懷孕、安胎、催產、剖腹產……之類的方式干涉；第四則是雙親必須為一人一妖。」

蒲松雅翻頁的手停住，滿臉驚愕的望向宋熹公。

「答案都在參冊中。」

宋熹公低語，點燃香菸仰望天花板，不再多說一個字。

蒲松雅垂下頭，凝視面前的紫皮書，深吸一口氣翻開第一頁。

第二章

蒲湘若與荷三娘

節奏輕快的樂聲在昏黃的舞廳中迴盪，舞廳中的男女在樂曲與迪斯可球的銀光中旋轉與進退，大多數的人臉上都帶著笑容，但也有人掛著侷促不安的表情縮在角落。

蒲湘若就是其中之一，他靠在遠離舞池的紅牆上，握緊手中的熱茶，想藉由溫度與茶香消除自己的緊張。他是從中部上到臺北求學的大學生，應學長與同學的邀請來到這間迪斯可舞廳，而這也是蒲湘若第一次踏進這種地方。

帶蒲湘若來的人一進舞廳便就地解散，四處找女孩子說話跳舞，將土包子同學一個人擱在一邊。

蒲湘若一開始是待在吧檯邊，但是憑著他挺拔的身材、俊秀的臉龐與小兔子般的氣質，不時會引來熟齡女子搭訕，最後他只得端著茶躲到角落。

蒲湘若低頭看看腕上的錶，再遠望在舞池內與女孩子面對面扭腰的同學，見大夥兒短時間還不會結束後，他嘆了口氣決定先行離開舞廳。

只是蒲湘若雖然能不管同學而自行回去，卻不能沒向學長道別就走人，他在舞池與吧檯邊尋找學長的身影，看了三圈才瞄到學長鮮豔的紅襯衫。

「學長！建國學長！」

蒲湘若揮手呼喊，可惜聲音完全被音樂吃了，沒能傳至學長的耳中，還眼睜睜看對方和一名頭戴禮帽、身穿西裝的嬌小少年走遠，他只好推開人群追上去。

他隨著學長進入又離開舞池，遠離人群來到舞廳右側的狹窄長廊。

只見學長停在長廊的中段，轉身摟住少年的腰，扶起對方的下巴俯身吻下去。

蒲湘若瞪著交疊的兩人，腦袋空白了足足五秒才回神，慌亂的後退撞上牆壁。

撞擊聲驚動接吻的人，學長放開少年往長廊口看去，認出蒲湘若後笑道：「湘若，想不到你看起來斯斯文文的，背地裡卻有偷窺的興趣啊。」

蒲湘若猛搖頭道：「我、我我沒有，我不是！我是、是……我只是來跟學長說再再再見的啊！」

「好好好，我是逗你的。別站那麼遠，過來這邊，我介紹我的朋友給你認識。」學長向蒲湘若招手。

蒲湘若紅著臉走了過去，學長身後的少年也同時轉向走廊口，讓蒲湘若得以瞧見對方的正面。

少年有一張小巧玲瓏的臉，彎翹的長睫毛裝飾烏溜大眼，玫瑰色的嘴脣啣著淺笑，脖子上掛有一條粉荷項鍊，白襯衫與黑色亮片背心包裹纖細的腰身，配上長長的喇叭褲，從頭到腳都是勾人的曲線。

蒲湘若的視線一下子被少年吸住，將人從頭到腳細細看過數回，最後停在對方微微隆起的胸部上。

……隆起的胸部？

蒲湘若猛然往後彈，指著少年——正確來說是少女——的胸膛抖著嗓音大喊：「女女女女的？」

「是女的沒錯啊。」

學長理所當然的回答，從蒲湘若驚慌失措的模樣看出對方誤會了什麼，指著少女哈哈大笑道：「湘若你把這位小姐看成男人嗎？這也太好笑了，你想想看，我怎麼會親男人？」

「我先前只看到背影，然後她又穿男裝還留短髮，所以……」蒲湘若低下頭，恨不得能挖個洞把自己埋了。

「就算是背影也不至於誤認吧？湘若你的男女辨識能力有很大的問題啊，這一定是你老窩在圖書館害的，你要出來多多接觸人群，免得哪天娶了個男人當老婆都不知道。」

「我才不會犯下那麼誇張的錯誤！」

「所以如果我不是女孩而是男孩，你就不喜歡我了嗎？」

少女忽然插話，她走到蒲湘若面前，瞇起眼仰頭注視高自己一個頭的青年。

蒲湘若被看得渾身不對勁，轉開頭僵硬的道：「不是不喜歡，妳就算是男孩子，也是個很漂亮的男孩子，還是會有很多人喜歡妳。」

「你也是嗎？」少女挪動雙足，站到蒲湘若的雙眼前。

蒲湘若嚇一跳，只能抬高頭盯著天花板道：「這個……我們才剛認識，所以、所以……」

學長搭上少女的肩膀，「好了好了，妳別鬧湘若啦，他可是我們系上有名的純情書生，不是妳這種老江湖的對手。」

「真失禮，竟然把『老』冠到女孩子頭上。」少女拍開學長的手，她看向蒲湘若伸出右手道：「你好啊湘若，我是荷三娘，你可以叫我三娘或三兒。」

「妳好，我是蒲湘若。」

蒲湘若握住少女——荷三娘的手，猶豫片刻後低聲問：「不好意思，請問妳是建國學長的女朋友嗎？」

「不是。」荷三娘鬆手回答。

「不是？但是你們剛剛……」

蒲湘若吐不出那兩個字，只得指指自己的嘴脣，用手勢暗示自己看到的情景。

荷三娘愣了一會才看懂蒲湘若的動作，搖著手露出微笑道：「那只是單純的『嘴脣與嘴脣的接觸』，是我的謀生工作之一，無關情感也不涉及人際關係。」

「有這種工作？」

「有喔，而且我的生意很好。親吻四十元，擁抱三十五元，共舞三十元。」

荷三娘踮起腳，湊近蒲湘若的臉問：「想點餐嗎？看在你是建國的朋友的分上，我可以給你打八折。」

蒲湘若盯著荷三娘逐漸逼近的嫣紅小口，肩膀顫抖兩下，將人推開困窘的道：「這種事……這種事應該和喜歡的人做！」

荷三娘傻住，學長則是再次笑出聲，連拍牆壁笑道：「湘若你是真不懂還是假不懂啊？這只是遊戲，不是那種有定情意味的吻，吻的時候享受，吻完就結束，沒人會認真的。」

「這怎麼能不認真？我……」

「你就是個死腦筋。」學長戳戳蒲湘若的額頭，單手扠腰道：「但是沒關係，我會好好拓展你這顆石頭腦的視野，不過不是現在，現在我和三兒有約，你的治療改天再進行，再見啦！」

「學長再見。」

蒲湘若點頭回話，側身讓路給學長與荷三娘，心中一方面鬆一口氣，一方面又湧起莫名的失落。

他望著走向舞池的男女，視線先停在學長的後腦勺上，再滑向荷三娘的禮帽，最後停在對方帽下纖細的頸子上。

在蒲湘若的目光定住的同時，荷三娘突然轉過身，三步併作兩步跑回來。

「我差點忘了一件事！」

荷三娘站到蒲湘若面前，摘下黑禮帽抽出髮簪，讓藏在帽中的秀麗長髮宣洩而下道：「我不是短髮，是長髮，下次可別再被假象蒙蔽了喔，書、生、先、生。」

語畢，荷三娘轉身竄入人群中，完全不給蒲湘若道歉或回應的機會。

▼※▲▼※▲▼※▲▼※▲

蒲湘若的第一次舞廳行以七人熱鬧出發，一人孤單返家告終。

學長和同學曾想再邀蒲湘若到舞廳玩，但全都被他以「有別的事」、「不擅長跳舞」之類的理由拒絕了。

不過，即使他沒再踏進那間迪斯可舞廳，卻不時會走到舞廳所在的大樓附近，駐足片刻後再離去。

為什麼？因為蒲湘若忘不了在舞廳內偶遇的荷三娘。

荷三娘銀鈴般的話聲、穿著男裝卻更顯嬌媚的身姿、如緞布光滑的黑髮與身上淡淡的荷香味，全都烙印在蒲湘若的腦中，在他午夜夢迴、白日失神，或偶然瞄見荷花、西裝禮帽時猛然浮現。

蒲湘若試了很多辦法來抹去荷三娘的身影，讀書、抄書、背書、大吃大喝、找人下棋……然而這些方法沒有一個有效，最後他只能一想起荷三娘，就來到迪斯可舞廳外，看著舞廳的招牌借景思人。

不過，雖然蒲湘若常常到舞廳大樓下走動，卻一次都沒有動過「也許會遇上荷三娘」的念頭。

這不是蒲湘若生性悲觀，或年紀輕輕就老僧入定，而是他從同學與學長口中得知，荷三娘是有名的交際花，她遊走於北部各大舞廳，每次都是無預警出現，但一出現就絕對會有護花使者相伴與接送，普通人在廳內都不見得有機會一親芳澤，何況是在廳外站崗的傢伙？

那次相遇就是兩人的第一次，也是最後一次交集——蒲湘若深信這點，因此當他在遠觀完舞廳大樓，走到附近的麵攤點麵來吃，卻看見荷三娘咚一聲坐到自己對面時，他嚇得筷子都掉下來了。

「荷、荷荷……」

「噓，別喊我的名字！」

荷三娘用氣音說話，她戒備的環顧左右，朝蒲湘若伸手道：「把你的夾克給我。」

「啊？」蒲湘若一時間搞不懂對方的意思。

「夾克，快點！」

他滿腦子問號的脫下外套遞給荷三娘，看著對方套上暗棕色的夾克，摘下禮帽戴上不知

從哪冒出來的扁帽。

在荷三娘戴好帽子的同時，兩名彪形大漢從麵攤外走過，他們目光銳利的掃視棚子下的客人，再掉頭朝舞廳大樓的方向走去。

蒲湘若看著彪形大漢走遠，皺皺眉低聲問：「荷小姐，那兩位先生是……」

「是來找我的。」

荷三娘吐一口氣，單手支頭瞪著大漢離去的方向道：「那兩隻大猩猩的雇主搞不清楚規則，以為自己有錢就是大爺，硬要拉我上車到咖啡廳聊聊。哼！當我是三歲小孩啊？想找女人溫存，自己開車去華西街！」

蒲湘若腦袋轉了兩圈才聽懂荷三娘在說什麼，臉色瞬間轉紅，他抓住對方的手急切的問道：「妳沒被對方怎麼樣吧？我們是不是應該去警局？」

荷三娘被蒲湘若的反應嚇到，愣了一會才噗嗤笑出聲，「我若是有被怎麼樣，還能坐在你面前嗎？」

「我是問妳有沒有受傷，像是瘀青或是紅腫之類的……他們有弄傷妳嗎？」

「沒有，不過如果你繼續這麼大力的握著，我的手可要瘀青了。」荷三娘邊說邊戳蒲湘

若的手。

蒲湘若趕緊放開荷三娘，高舉雙手尷尬的道歉：「對、對不起！我不是有意的，請原諒我！」

「請我吃飯我就原諒你。」荷三娘伸手道。

「好，沒問題，妳想吃什麼？」蒲湘若答得飛快。

「……」

「荷小姐？」看到荷三娘忽然沉默，蒲湘若不解的歪頭。

「這個人實在是……」荷三娘搖搖頭，注視著蒲湘若苦笑道：「是單純還是愚蠢呢？一般來說，應該先問我想吃什麼再考慮，或是抗議我才被掐一下手就逼你請客吧？想也不想就說好，你不擔心我吃垮你嗎？」

「……我會努力不被妳吃垮。」

「很多事不是努力就有用。」

荷三娘伸伸懶腰，雙手撐著臉笑咪咪道：「看在你借我夾克的分上，我就勉為其難的挑你負擔得起的食物。這間麵攤最好吃的麵是哪種？」

蒲湘若本想回答陽春麵，但那是他自己的喜好，而這個喜好時常讓同學笑他寒酸。

「餛飩麵不錯。」

蒲湘若改口吐出麵攤中最貴的品項，指著斜前方的小菜櫃道：「涼拌黃瓜和泡菜的風評也很好。另外，這裡的燙青菜也很多人點，滷蛋、滷海帶、滷豆干的銷路……」

「夠了、夠了，我又不是牛，只有一個胃，裝不了那麼多東西。我要一碗餛飩麵和一盤燙青菜，這樣就夠了。」

「妳不用客氣，我有多帶錢出門，妳想吃什麼就點什麼。」

「我只想吃一碗麵和一盤菜。」荷三娘趴上方木桌，嘟著嘴低聲道：「然後我餓了，你再不弄食物來餵我，我就把你當成食物吃掉。」

蒲湘若從椅子上跳起來，奔向麵攤的老闆點菜，然後帶著兩盤小菜返回座位。

麵攤老闆很快就將餛飩麵和燙青菜送上，他看了兩人一眼，露出曖昧的微笑後，多送了一盤滷味過來。

蒲湘若沒察覺到老闆的好意，他的注意力全放在荷三娘身上，看著荷三娘拿起筷子，以淑女不該有的豪邁動作吃麵夾菜，不消片刻就將桌上的食物掃光。

「啊……吃飽了。」

荷三娘放下筷子，一抬頭就瞧見蒲湘若直直瞪著自己，挑起單眉不悅的道：「怎麼了？想抱怨我把小菜和滷味吃光嗎？就算你抱怨，我也不會吐還給你，那些菜餚都已經被我消化完畢了。」

「消化系統的運作速度應該沒那麼快。」蒲湘若苦笑，猶豫幾秒才開口道：「我只是在想……原來這才是荷小姐真正的樣子啊。」

荷三娘皺眉道：「我的吃相這麼粗魯，讓你幻想破滅真是對不起啊。」

「不不不，我不是指責妳的意思，我只是……」蒲湘若抓著頭不好意思的道：「我比較喜歡這樣的荷小姐，看起來比較輕鬆自在，不做作。」

「你喜歡我？」

荷三娘站起來，前傾身子橫過桌子靠近蒲湘若的臉問：「那要不要和我親一下？你的話，我可以打五折喔。」

蒲湘若盯著那張他朝思暮想的臉，沉默片刻後伸手推開荷三娘。

荷三娘瞪大雙眼，再次靠過去道：「五折不行的話，四折也可以喔。」

「不是折數的問題！」

蒲湘若大喊，他驚動了周圍的客人，趕緊降低音量道：「親、親吻對荷小姐而言，可能只是賺錢或遊戲的一種，但是對我來說，這是一種……約定，沒錯，是約定！所以不能計價。總之不能輕率的吻人。」

「……」

「妳想笑我死腦筋就笑吧。」

蒲湘若稍稍垂下頭盯著桌面，低聲但堅定的道：「『吻』對我來說是無價之物，因此無論荷小姐打幾折，或是我擁有多少財富，我都不會以金錢去換取任何一個人的吻。」

蒲湘若等待荷三娘的取笑，然而他沒聽見任何聲音，正感到不安時，額頭忽然挨了一記彈指。

「荷、荷小姐！」蒲湘若抬頭呼喊。

「我說你啊，要喊『荷小姐』喊到什麼時候？」荷三娘維持彈額的姿勢，嘟起嘴瞪著蒲湘若道：「我明明說過，叫我三娘或三兒啊！」

「我們才見過兩次面，貿然喊妳的名字太……」

「阿若。」荷三娘唐突道。

「啊？」

「我決定了，從今天起我要叫你阿若！這是我五秒前替你決定的小名。」荷三娘伸直手指，按著蒲湘若的額頭道：「而你必須叫我三兒，否則我就替你取更『可愛』的小名，譬如小湘湘或小若若之類的。」

蒲湘若的嘴角抽動兩下，垮下肩膀認輸道：「我知道了，三兒小姐……」

「去掉小姐。」荷三娘下令，同時將指甲戳進蒲湘若的皮膚中。

「三兒。」蒲湘若冒著冷汗改口。

荷三娘收回手指道：「很好。你週一到週日，哪一天最閒最沒事幹？」

「最閒？應該是週三下午和週一全天，這兩個時段我沒有課，也不需要去教家教。」

「週三和週一……那就週一吧！」荷三娘站起來，脫下外套拋向蒲湘若道：「下週一的這個時間，我會在這間麵攤等你，要是爽約的話，我就告訴你系上的所有人，你小時候的小名是小湘湘。」

「我的小名才不是小湘湘！」蒲湘若接下外套抗議。

「現在是了。快，給我你的手。」

「妳要做什麼？」蒲湘若邊問邊伸出右手。

荷三娘馬上扣住蒲湘若的手，拉過來，在掌心處印下一吻。

柔軟、微溫的觸感透過手掌傳入蒲湘若的腦中，他腦袋空白的看荷三娘放下手，衝著自己甜美的笑道：「吻是約定，沒錯吧？這是你和我的約定，下週一不見不散。」

蒲湘若張口但沒有發出聲音，他目送荷三娘一蹦一跳的離去，在麵攤中呆坐了整整半小時，才在老闆的呼喚下回神，起身僵硬的付款。

▼※▲▼※▲▼※▲▼※▲

蒲湘若在下週一準時前往麵攤報到，他被荷三娘拉去逛百貨公司，奔波了一整個下午才脫離可怕的購物地獄。

不過，在荷三娘和蒲湘若說再見時，又一次拉起對方的手，親吻手掌後約定下週同一時間再會。

下週之後是下下週，下下週結束後是下下下週……不知不覺間，蒲湘若每週一都會到麵攤報到，和荷三娘一起逛街、看電影、上咖啡館、吃牛排、去紅包場……涉足各種他自己一人絕對不會去的場所。

這些地方的消費金額都不低，還有不少根本超出蒲湘若的負擔範圍，這種時候荷三娘就會擅自替他付錢，然後拿著越來越厚的帳單威脅蒲湘若服從自己。

如此蠻橫又甜蜜的邀約持續了將近三個月，這段期間蒲湘若沒向任何人提起此事，小心翼翼、費盡心思的隱瞞兩人的定期約會，彷彿只要走漏了風聲，眼前的幸福就會煙消雲散。

但是俗話說，有得必有失，蒲湘若的「失」很快就找上他了。

第一個「失」是體力與精神，大概是因為荷三娘總是玩到半夜才放蒲湘若回家的關係，他的生理時鐘每週都會被打亂一次。久而久之，他開始在課堂上打哈欠，去做家教打工時也不時會覺得疲倦。

精神不濟與體力下降導致第二個「失」——成績，以往蒲湘若總是穩定待在班上前三名，但他在學期結束拿到成績單時，發現自己掉到第九名。

這大大嚇到蒲湘若的師長、朋友與他本人，教授們將他找到辦公室詳談，同學、學長姐們也紛紛問他是不有什麼煩惱或病痛。當中反應最大的是建國學長，他一口咬定蒲湘若是被人作法，要帶學弟去熟識的宮廟驅邪。

蒲湘若對鬼神之事一向敬而遠之，但對方是學長，態度又非常堅持，無奈之下只好在下課後跟建國學長走一趟。

宮廟和學校之間有一段距離，不過建國學長有機車，在機械與輪子的幫助下，他們得以在太陽下山前到達廟前。

小小、褪色的廟宇前橫著一條人龍，學長帶蒲湘若排到隊伍末端，和一大票婆婆媽媽、青年女士一起聞著線香的香味，在夕陽中緩慢的朝小廟前進。

兩人排了半個多小時才走入廟中，這段期間蒲湘若已經透過周圍人的交談，知道這群人在排什麼。

老公疑似外遇，但不清楚對象是誰；兒子女兒不聽話，不曉得怎麼教；工作不順利，不知道該不該換一個；身體不好諸事不順，可又找不到原因……這群人為了改善家庭、工作、健康種種問題，尋求廟內供奉的「樹夫人」指引。

樹夫人的塑像供奉在紅木神桌上，桌邊擺了一張矮桌與兩張椅子，靠廟內的椅子上坐著

被樹夫人附身的黑面紗女子，靠廟外的椅子則留給迷惘的信眾們。

「……把這張符化成水端給妳丈夫喝，化去身上的戾氣後，他就不會再對妳動手了。」

「好！謝謝夫人，夫人的大恩大德我一輩子都不會忘記。」

排在蒲湘若前頭的婦女抓著黃符，再三道謝後才起身離開，將空椅留給下一個求助者。

蒲湘若盯著木椅子，猶豫一會才坐下，對黑面紗女子點頭道：「妳好，我是……」

「你被狐魅纏上了。」黑面紗女子打斷蒲湘若的自我介紹，看著傻住的青年繼續道：「時間……差不多有三個月了，是在有爐火的地方遇上的，在白日現身，真是大膽的狐魅。」

「妳在說什麼？」蒲湘若呀然。

「再不處理會很危險，畢竟對方是陰邪之物，而且還是以你的精氣為食。」

黑面紗女子邊說話邊抽出一張黃紙，取下筆架上的硃砂筆在紙上寫下咒語，再彎腰從桌子底下拿出一個巴掌大小的陶甕，她將陶甕與紙張推向蒲湘若道：「帶著這個甕去找狐魅，待甕將狐魅吸進去後，立刻用符封住甕口，然後將甕置於爐火上焚燒，便可殺死殘害你的狐魅。」

「等一下，什麼狐魅、殘害的，我根本聽不懂妳在說什麼！」

「你聽得懂，只是不願意懂。」黑面紗女子停頓片刻，以僅夠彼此聽聞的音量道：「多麼甜美的小娘子，只可惜是個吃人的妖物。」

蒲湘若僵住，直到建國學長拍他的肩膀，才站起來離開小廟，乘坐機車返回租屋處。他將陶甕與黃符放在床頭櫃上，盯著這兩件物品徹夜未眠，直到隔天早上太陽升起，才倒上床小睡幾小時，再拖著疲倦又空腹的身體去為家教學生上課。

接下來整整兩週，蒲湘若除了買菜、丟垃圾和上家教課外，都待在屋子中。他不接朋友的電話，也不回應郵差的門鈴聲，將自己封閉在小小的公寓中，回想著荷三娘的一顰一笑，與黑面紗女子不祥的低語。

蒲湘若和荷三娘相處了近三個月，與黑面紗女子只有不到五分鐘的互動，而且後者還全程蒙面，怎麼看他都應該相信荷三娘，對黑面紗女子的迷信之語嗤之以鼻。但是黑面紗女子知道出蒲湘若是在何處（有爐火的麵攤）、何時（約三個月前）遇上荷三娘；而荷三娘這三個月間卻未曾提過自己的來歷，也沒說過她看上蒲湘若哪一點。

兩方都有可疑與可信之處，蒲湘若實在不知道該相信認識了三個月，自己仍一無所知的美女，還是只見過一次，卻能精準說出他與荷三娘相遇時機和地點的蒙面女子。

蒲湘若迷失了，他因為迷惘而躲進租屋處，也躲進自己的殼中。

然而他在躲起來前，忘記了一件相當重要的事——荷三娘是個十足的行動派。

這天，蒲湘若站在廚房裡準備晚飯，他聽見門鈴聲響起，但沒去開門，而是一如過去兩週一樣，放任鈴聲響徹房舍。

門鈴斷斷續續響了將近十分鐘才止歇，蒲湘若鬆一口氣，剛以為門外的人放棄了，耳朵卻聽見一聲巨響，轉頭就瞧見大門彈開，荷三娘大步走進陽臺。

蒲湘若嚇一大跳，放下紅蘿蔔走向陽臺問：「三兒?妳怎麼進來的?」

「我自修過開鎖。」荷三娘亮出手中的長鐵針和萬能鑰匙，然後甩開紗門跨進客廳，「你的膽子很大嘛，放我兩次鴿子不說，還讓我在門外按了十多分鐘的門鈴。」

「我不知道妳在外面。妳怎麼知道我住這裡?」

「問你的同學。」荷三娘回答，同時伸手抓住蒲湘若的衣領，把高自己一個頭的青年拉下來道：「你還沒回答我的問題，你為什麼爽約?」

「我……」

「不准說你要上課，你半個月前就開始放暑假了；也別說有朋友約你，我問過你所有的朋友，他們都舉手發誓沒邀你在週一出門，然後更不准講你要去上家教，你一週上三次家教，全都不在禮拜一！」

蒲湘若沒料到荷三娘會事先做調查，他想到的藉口一下子全都不能使用，只能勉強擠出新說詞道：「我的身體不太舒服。」

「生病了？」荷三娘瞇起眼問。

「算是。」

「藥袋呢？」荷三娘銳利的追問。

「啊？」

「生病的話會去看醫生，看醫生就會拿到藥袋，你的藥袋呢？」

蒲湘若縮了一下手指，別開頭低聲道：「我沒去看醫生，只有在家休息。」

荷三娘瞪著明顯在說謊的青年，沉默片刻後忽然放開衣領，一把將人往右推。

蒲湘若因為這一推連退好幾步，直到背脊撞上桌子才停下來。他扶著桌面瞧見荷三娘往裡面走，愣了半秒趕緊追上去問：「三兒，妳要去哪？」

「揪出你拒絕我的真正原因。」荷三娘的聲音高了一階。

「我沒有不理妳。」

「分明有！你不赴我的約會，也不願意對我說實話！」

荷三娘越說聲音越尖銳，她先打開客廳的壁櫃，再拉出所有看得到的抽屜；接著走到廚房內，點算櫥櫃裡的碗筷盤子；最後拐個彎直衝浴室，把洗衣籃中的衣服統統倒出來。

蒲湘若在荷三娘倒衣服時，由後扣住對方的手腕喊道：「三兒，妳鬧夠了沒？別像小偷一樣把別人家翻得亂七八糟，快點住手！」

「告訴我你爽約的原因，我就住手。」

「我不是說了嗎？我身體不舒服。」

「那是謊話！」荷三娘尖聲駁斥。

她甩開蒲湘若的手，越過對方踏出浴室，轉頭看著右手邊的房間問：「那個用布罩著的是什麼？」

「布？」

蒲湘若順著荷三娘的視線望去，在房間角落的床頭櫃上，瞧見用白布蓋住的陶甕。

——待甕將狐魅吸進去……

黑面紗女子的話聲在蒲湘若腦中響起，他的背脊竄起一陣顫慄，閃身擋住荷三娘道：「只是個……陶藝品！沒錯，是不重要的陶藝品，妳別管它。」

荷三娘挑起單眉，凝視蒲湘若好一會後，倏然蹲下從對方的腿邊鑽進房中。

「三、三兒！」蒲湘若緊急轉身，伸手想拉住荷三娘。

「那個陶藝品就是原因吧！」荷三娘避開蒲湘若的手，一個箭步來到陶甕面前，揭開甕上的白布大喊：「讓我看看是什……欸！」

短促的驚呼與灼熱的疾風驟然席捲整個房間，蒲湘若本能的舉起手保護眼睛，靠在牆邊直到強風散盡，才放下手臂往前看。房間內的紙張、文具、枕頭布與其他小物品被吹得東倒西歪，連疊起的棉被也被掀開，木椅更橫倒在地上。

而在這一片凌亂中，蒲湘若沒見到荷三娘的身影，對方站立之處空無一物。

蒲湘若瞪大雙眼，正感到困惑時，眼角餘光瞄到小陶甕，發現甕口上多了一張黃紙。他的身體猛然僵住，直直盯著安坐於床頭櫃的小陶甕，雙腿一軟跪倒在地。

他最害怕也最不願意承認的事情發生了——

黑面紗女子沒有說謊，說謊的是荷三娘！

暗棕色的陶甕端坐在瓦斯爐上，甕身之下沒有藍色的火焰，只有蒲湘若陰鬱的注目。

蒲湘若坐在廚房的小板凳上，隔著兩公尺的距離仰望小陶甕，靜止的身軀宛如沒有生命的石像。

他依照黑面紗女子的指示將小陶甕放到爐子上，卻沒扭動轉盤點燃爐火，只是坐下來凝視陶甕，而且一坐就是兩個多小時。

而這段時間，蒲湘若完全處於天人交戰中。

荷三娘是狐魅。

「我是荷三娘，你可以叫我三娘或三兒。」

她的目的是吞食人類的陽氣。

「請我吃飯我就原諒你。」

因此以美女之姿接近並且迷惑他。

「我不是短髮，是長髮，下次可別再被假象蒙蔽了喔。」

她並不是真的對自己有興趣。

「這是你和我的約定，下週一不見不散。」

荷三娘的話語、眼前的事實在蒲湘若腦中纏繞，拉扯著他的神經與心臟，令蒲湘若痛得喘不過氣。

為了自己與其他人好，他應該開火除去荷三娘。

但是兩人相處的回憶，那些俏皮的捉弄之語、白皙肌膚所散發的荷香、輕柔的碰觸以及烙印在掌心的吻，全都在阻止他點燃瓦斯爐。

「我該怎麼辦？」

蒲湘若問自己也問老天爺，但是他沒有得到解答，反而忽然想起某個尚未回答的問題。

「欸，所以如果我不是女孩而是男孩，你就不喜歡我了嗎？」

蒲湘若的肩膀震動，先是露出驚愕的表情，再緩緩轉為苦笑，最後深吸一口氣站起來。

他走到陶甕前，俯身對著甕口問：「三兒，妳能聽見我的聲音嗎？」

陶甕寂靜無聲，但是甕身輕輕動了動。

蒲湘若稍稍安心，直起腰桿繼續道：「我有些問題想問妳，如果答案是『是』，請讓甕

動一下；如果是『否』，請動兩下。妳能辦到嗎？」

陶甕晃動一下。

「好，那麼第一個問題。妳是狐魅嗎？」

陶甕靜止片刻，不甘願的動一下。

蒲湘若垂下肩膀，但馬上就振作起來問：「第二個問題，妳以人類的精氣為食嗎？」

陶甕先動一下，再迅速的動一下。

「這是……妳可以以人類的精氣為食，也可以不靠人類的精氣維生的意思嗎？」

陶甕大力動一下。

蒲湘若高懸的心下降幾分，吐出最後一個問題：「第三個問題，妳是為了吸我的精氣，才接近我嗎？」

陶甕沉默許久，才以極小的幅度動了一下。

蒲湘若抿起嘴脣，下垂的手緩緩抬起，經過黑色的瓦斯爐轉盤，最後落在陶甕的甕口，一把撕去上頭的符咒。

熱風從甕口竄出，捲亂蒲湘若的黑髮，也帶走指尖的碎符紙，他閉上眼任憑強風肆虐，直到風勢完全散去，才張眼看向廚房的出入口。

荷三娘站在該處，她的穿著打扮都和被吸進甕裡前一樣，但臉上已不見當時的憤怒，只有滿滿的錯愕與困惑。

蒲湘若知道荷三娘在困惑什麼，他轉向對方微笑問：「妳還記得，妳曾在舞廳中問過我，如果妳是男孩子，我還會不會喜歡妳嗎？」

荷三娘點點頭，不懂對方為什麼提這件事。

「我當時沒回答妳，因為我不知道要怎麼回答，但是我現在知道了。」

蒲湘若露出羞澀，但絕無虛假與動搖的微笑道：「別說是男人了，就算妳是吃人的鬼魅，我還是會忍不住喜歡上妳。」

荷三娘睜大眼瞳，僵著臉注視蒲湘若。

「我不會把妳煮熟。」

蒲湘若拿起小陶甕，鬆手將甕摔碎在磁磚地上。

「無論妳的動機為何，我都很高興能和妳相遇。和妳相處的這三個月，是我人生中最快樂的三個月。」

「……」

「但是我也不能讓妳將我吸乾，因為我還有父母要奉養，也還沒完成自己的夢想。」

蒲湘若轉身背對荷三娘，看著空蕩蕩的瓦斯爐低聲道：「再見了，三兒。下次別再偷吸人類的精氣了，要不然又要被收進甕裡了。」

蒲湘若沒得到荷三娘的回應，他只聽見對方的腳步聲，以及由遠方傳來的開關門聲。

——結束了……

蒲湘若後退幾步靠上牆壁，順著壁面慢慢滑坐在地上，盯著滿地的陶甕碎片許久，才爬起來拿掃把將碎片掃進畚箕。

▼※▲▼※▲▼※▲▼※▲

在與荷三娘告別之後，蒲湘若的生活也回歸正軌。

他不再於週日晚上煩惱隔天要穿什麼赴約，更不會因為週一的熬夜狂歡影響到週二的課程；他的心思回到書籍與筆記上，而非俏麗美人的暗示與玩笑話；他的班排名再次爬回前三名，師長們大大鬆一口氣。

蒲湘若就這樣穩穩當當的完成學業，以第二名的成績於師範大學畢業，留在北部的國中擔任歷史老師。

他將心力放在引導血氣方剛的學生身上，一開始是藉此強迫自己別再想念荷三娘——大學兩年的時間沒讓思念散去，反而濃縮了——不過國中生的過剩活力與不按牌理出牌的特性，很快就讓蒲湘若沒有餘力去思考兒女私情。

只是蒲湘若沒力氣想，不代表其他人也一樣。

身為一個相貌堂堂、個性溫和，還有一份不豐厚但穩定工作的男性，到了適婚年齡卻沒有對象，就算當事人不著急，親友們也會主動安排相親。

蒲湘若對這類「善意」大多以工作為由推掉，但在婉拒了十多次後，終於遇上無法回絕的邀請——他所任教的國中校長堅持要介紹朋友的妹妹給他。

「只是見個面吃頓飯交個朋友，一下子就結束了，回去後你還有時間改考卷。」校長邊向蒲湘若說話，邊坐上侍者拉開的椅子。

「是、是嗎？那我就放心了。」蒲湘若僵硬的回應，他隨校長一同入座，掃視自己所處

的牛排館。

紅色調的牛排館接近客滿，長方桌邊坐著一對對年輕男女，蒲湘若聽不見這些人的交談聲，但是從他們不時相識而笑、動手幫同伴切肉與分食的舉動，不難看出這間餐廳裡幾乎都是情侶檔。

選在充滿粉紅泡泡的餐廳「見面交朋友」，校長希望蒲湘若交上哪種朋友，用膝蓋就能想到。

蒲湘若垮下肩膀，看著周圍甜蜜蜜的客人們，開始思考待會要拿什麼當藉口開溜。

「荷兄！」校長突然高喊，同時起身朝門口招手。

蒲湘若也跟著起立，他順著對方的視線看過去，瞧見一名身穿白底粉荷唐裝的美青年走過來。

青年來到桌邊，朝校長點頭道：「王兄，許久不見，你的氣色還是這麼好。」

「荷兄也是，依舊俊朗如仙人。」校長將手放到蒲湘若的肩膀上道：「荷兄，這位是我向你提過的蒲湘若蒲老師，他在敝校任教兩年多，和其他教職員處得很好，也相當受到學生們的愛戴。湘若，這位是我的舊友荷二郎荷先生，別看他一副文弱秀氣的模樣，他可是房地產界的大亨呢。」

「荷先生您好。」

蒲湘若先向荷二郎點頭致意，再略帶困窘的道：「校長謬讚了，我只是依照前輩們的教導，並不是特別有能力。」

「哈哈哈，現在可不是自謙的時候啊！雖然這也是你討人喜歡的地方。」校長拍拍蒲湘若的背脊，再次望向門口問：「荷兄，令妹還沒到嗎？」

「舍妹在車子裡補妝，很快就會……啊，她來了。」

荷二郎側身望向牛排館的玻璃門，一名嬌小的女子推門踏進館中，環顧全場後走向三人。

蒲湘若在女子靠近時整個人僵住，他直直盯著對方的臉，忘記禮貌和入座前「得快點找理由開溜」的念頭。

這名女子穿著十分合身的紫色洋裝，柔亮的黑髮披肩而下，襯托著她白皙俏麗、和荷三娘一模一樣的小臉。

蒲湘若花了整整四年才勉強收進記憶深處的臉龐，在無預警之下，闖進他的視線中。

「這位是我的妹妹荷三娘。」

荷二郎挽起洋裝女子的手，他瞄了蒲湘若一眼，轉向校長微笑道：「校長，如果你不介意的話，能否讓兩位年輕人自己坐一桌？」

校長被荷三娘的美貌迷住，愣了一會才回神：「如果湘若願意的話，我沒意見。湘若，你說呢？」

「我願意。」

蒲湘若聽見自己這麼回答，他的話聲聽起來平靜，但垂在桌子下的手卻抖個不停。

「太好了。校長，那邊還有空桌，我們就挪到那邊吧。」

荷二郎不等校長回應，就走向空桌展開新話題：「對了，關於上次你提的計畫，我有些新想法，想和校長好好討論一下……」

校長的注意力立刻被勾走，他追上荷二郎細問相關問題，完全忘了自己是帶人來相親。

蒲湘若目送兩人走遠，他回過頭看著洋裝女子，不知道該先請人坐下，還是問對方是不是他認識的荷三娘。

女子替他做出決定，她坐到蒲湘若的對面，挑起單眉低聲道：「如果你敢說『初次見面』，我就折斷你的手指。」

「三兒……」

蒲湘若輕喚，緩慢的坐回位子上問：「妳為什麼……妳這幾年上哪去了？」

「在深山中閉關修煉，順便戒掉拿人類的精氣當零食的習慣。」

荷三娘拿起桌邊的菜單，一面翻閱一面道：「剛剛那位自稱我哥哥的人，其實是我的大師兄，兼血緣意義上的遠祖父。」

「遠祖父？」

「就是爺爺的爺爺的爺爺的爺爺，年紀上……至少大我七百歲吧。」荷三娘聳聳肩膀，盯著菜單皺眉問：「這家店的豬排做得好嗎？我對牛不太有興趣。」

「我今天是第一次來，不知道……等等，這不是重點！三兒，妳為什麼會在這裡？妳是來做什麼的？」

「吃飯交朋友。」

「我們本來就是朋友啊。」蒲湘若理所當然的道。

荷三娘的手指抽動兩下，放下菜單手指著蒲湘若的額頭道：「你這個木頭腦袋，一定要我直說才聽得懂嗎！那我就不客氣了！蒲湘若蒲大木頭，本姑娘對你念念不忘，所以想假借

相親之名，行與你再續前緣、結婚生子、白頭偕老之實，聽懂了嗎？」

蒲湘若先本能的點頭，接著猛然後退撞上椅子。

荷三娘的臉瞬間轉紅，雙手拍桌火大的問：「你那是什麼反應？不接受嗎？討厭我嗎？當初說就算我是狐狸也喜歡我，只是騙我的嗎！」

「不是的！我只是、只是……」

「只是什麼？別支支吾吾的，你還是不是男人啊！」荷三娘二度拍桌怒吼。

蒲湘若張口又閉口，反覆數次後忽然站起來，對著荷三娘九十度鞠躬道：「如果妳不嫌棄的話，請和我再續前緣！」

荷三娘看著蒲湘若的頭頂，嘴角緩緩上揚，伸出雙手捧起對方的臉，親吻因為緊張與驚嚇而發白的嘴唇。

「做好覺悟吧！木頭書生。」

荷三娘放開蒲湘若，露出燦爛如朝陽的笑靨道：「你一輩子都逃不出我的手掌心。」

▼※▲▼※▲▼※▲▼※▲

蒲湘若和荷三娘在牛排館坐了整整一個下午，他們從彼此的近況、過去四年的生活，講到城市的變化與未來的計畫，直到服務生上前提醒有客人在等位子，才依依不捨的分別。

而蒲湘若在返家之後，立刻打電話告訴父母，他要娶荷三娘。

蒲家兩老被兒子的決定嚇一大跳，他們勸蒲湘若別急，婚姻是人生大事要多做考慮，先把人帶回家給長輩們看看再決定。

蒲湘若勉強接受老人家的建言，找了個假日帶荷三娘回老家。

他事前擬定了厚厚一本的問答錄備戰，做好必須和所有親友長輩對抗的心理準備，抱著不成功便成仁的壯決踏入家門。

可惜，蒲湘若的問答錄與決心全是多餘之物，因為荷三娘靠著機智、美貌與昂貴稀有的禮物，讓蒲家親戚對她的看法從「不知道從哪冒出來，拐跑我們家乖湘若的可疑狐狸精」，變成「湘若能娶到這種媳婦真是三生有幸」。

在得到長輩的同意後，兩人立刻著手準備婚宴，荷三娘再次展現她的精明幹練，一般人需要籌備半年才能完成的婚禮，她只花三個月就辦得風風光光，就算是最龜毛的人也挑不出毛病。

兩人搬進荷二郎贈送的新房，蒲湘若依舊擔任教職，荷三娘則一面打理家務，一面買賣股票與投資房地產，靠錢滾錢、利生利，讓蒲家從小康之家，變成羨煞旁人的千金之府。在結婚的第三年，荷三娘在除夕夜替蒲家生下一對雙胞胎，蒲湘若在產房中看著護士清洗嬰兒，感覺自己幸福得不可思議。

唯一美中不足的，是荷三娘在問過孩子的出生時間後，臉上的笑容忽然崩解，沉著臉不回應蒲湘若的關心，事後也沒解釋自己為什麼會如此。

但這無損蒲湘若的喜悅，他的兩人小窩轉為四人之家，巴掌大的小嬰兒慢慢成長為青少年，蒲湘若的外號也從書生變成老夫子。

只是俗話說：「天下無不散的宴席。」

蒲湘若雖然知道這句話，卻從沒認真想過散場之刻會在何時降臨。

「三兒，妳還在嗎？」

蒲湘若端著熱茶走進客廳，他在電話邊的沙發座上看到荷三娘，走向愛妻微笑問：「下個月就是阿雅和阿芳的十八歲生日了，要不要給他們辦一個生日宴？」

「……」

「三兒？」蒲湘若呼喚，同時伸手碰觸荷三娘的肩頭。

荷三娘的肩膀震動一下，回過神僵硬的道：「阿若？你什麼時候從學校回來的？」

「半個小時前，我記得我有跟妳打招呼。」

蒲湘若將杯子放上茶几，坐到荷三娘身邊，細看心神不寧的妻子問：「三兒，妳還好嗎？臉色看起來很差。」

「我沒事。」

「真的？」蒲湘若問，目光筆直的凝視荷三娘。

「真……」荷三娘的話聲拉長，停頓了好一會後垂下頭道：「假的。剛剛我的大師兄打電話過來，告訴我很糟糕的消息。」

「什麼消息？」

「根據師兄的占卜，我的天劫要來了。」

「天劫？」蒲湘若問道。

「一種會在修道者快突破目前的境界時，從天上打下來的大閃電。」荷三娘側身一滑，

躺上蒲湘若的大腿，「如果能撐過天劫，那麼就能更上一層樓；如果不能，那就會當場燒成黑炭。我又沒有打算修煉成仙，為什麼天劫會找上我？」

「妳有把握撐過去嗎？」

「現在的狀態不能，因為我拿了一半的力量去壓制阿雅和阿芳。」

荷三娘閉上雙眼，躺在丈夫的身上，娓娓道出她瞞了將近十八年的秘密。

蒲家的雙胞胎是稀有的「兩界走」，荷三娘為了不讓天界用保護之名帶走愛子，以自己二分之一的法力封印兒子們的力量，並且找了荷二郎以監護人的身分擔保，這才讓蒲松雅與蒲松芳留在人間。

「我原本不想將這件事說出來……」荷三娘緊緊皺眉，揪著丈夫的褲管道：「但是我必須回府洞為天劫做準備，如果不告訴你這件事，在我離開後，就沒人能注意阿雅和阿芳了。」

「我該注意什麼？」

「別讓那兩個孩子打開不可能打開的東西，不管他們處於什麼狀態，都必須以正常的方式進出。」

荷三娘伸手觸摸蒲湘若緊繃的臉，勾起嘴角微笑道：「別露出這麼緊張的臉，我一應完天劫就會回來，你就當作暫時回復單身生活，好好享受老婆大人不在的時光。」

「和妳分開哪能算享受。」

「那就假裝享受。」荷三娘起身擁抱蒲湘若，在對方的臉頰上印下一吻。

荷三娘為了撐過天劫，必須返回府洞閉關一年，蒲湘若原以為妻子會以旅遊之類的藉口瞞過親友，沒想到愛妻準備的障眼法遠遠超乎他的預期——荷三娘打算裝死。

「妳有必要把自己變成死人嗎！」蒲湘若激動的大吼，溫文儒雅的他罕見的暴怒，瞪著愛妻氣到雙手發抖。

荷三娘搖著手安撫道：「不是變成死人，是裝成死人。這樣比較方便啊，不需要煩惱萬一有人要我帶土產，或是打越洋電話找我怎麼辦，而且如果我沒撐過天劫……」

「不要說那種不吉利的話！」

「好好好我不說，阿若你冷靜一點，坐下來喝口茶。」

荷三娘花了整整三小時安撫、撒嬌、分析利弊得失，才讓蒲湘若勉強接受裝死計畫，得以著手設計既不會讓人起疑，事後又能合理「生還」的死亡方式。

最後，荷三娘決定以山難作為自己的「死因」，她以術法操控天氣，再加上一點幻術與事前準備的衣物與血液，成功瞞過搜救隊和同團的友人。

蒲湘若按造計畫替荷三娘準備喪禮，他在心虛和對朋友們的愧疚之下，在喪禮中表現得十分沉默，好在周圍人全都認為這是過度悲傷的表現。

只是親戚們雖然沒對蒲湘若的反應起疑，卻不願意相信荷三娘會死於山難。

以蒲湘若的大哥蒲湘雄為首的親友在喪禮結束後，動用大筆金錢與人脈，鍥而不捨的透過各種管道尋找荷三娘。

這些人的熱心讓蒲湘若既驚喜又頭痛，驚喜的是他沒想到親戚這麼看重妻子，頭痛的是怕這些人真的找到人該怎麼辦。好在，經過長達半年的搜索後，沒有任何徵信社、搜救隊或靈媒找到荷三娘，蒲湘若也總算能安下心。

只是他在安心之餘，也對親友的勞心勞力覺得不好意思，因此在親戚們提出希望借他的房產作抵押標的、希望他擔任保人、拉他投資新行業……種種需求，或是邀他出來吃飯娛樂之時，蒲湘若總是二話不說就答應。

那天也是如此，蒲湘若接到蒲湘雄的電話，邀他出去一起爬山健行，他想也沒想就點頭答應，再和兒子告別後就出門赴約。

不過他才剛到蒲湘雄的家，天氣就由晴轉陰，接著下起滂沱大雨，兩人只好取消登山的計畫，改去附近的海產店吃飯聊天。席間，蒲湘若被兄長灌了不少酒，酒量不好的他很快就開始意識渙散，陷入半夢半醒的狀態。

蒲湘若不曉得自己是怎麼離開海產店的，只隱約記得有人將他拉上車，開了長長一段路後，再將他推下車。

蒲湘若一個人站在路邊，冰冷的夜風稍稍吹散醉意，他抬起頭望望左右，沒找到路標或行人；低頭掏掏口袋，沒找到手機與錢包，只挖出一張身分證。

「不妙……這樣要怎麼回去？」

蒲湘若看著空蕩蕩的馬路，嘆一口氣沿著道路往前走，希望能碰到路人或車子，能問路或搭便車回家。

他走了快一公里都沒遇到人或車，正感到無助與疲憊時，眼角餘光忽然瞄到一抹黑影，轉頭一看，發現一位頭戴黑面紗的女子站在路燈下。

如果是平常，蒲湘若會立刻認出那是他二十多年前在廟中見過的女子，然而此時此刻，

他體內累積了過多的酒精，又急著想回家休息，因此沒想起對方是誰，還露出笑容奔向對方。

「不好意思，請問妳知道這裡是哪……」

光線與劇痛打斷蒲湘若的呼喊聲，他瞪大雙眼，看見黑面紗女子迅速後退，眼前的世界快速翻轉，融化在無邊無際的黑暗中。

「我我我的天啊！」

「救護車，快點叫救護車！」

「是那個人突然跑……」

複數的剎車聲與驚呼從遠方傳來，蒲湘若聽著這些越來越模糊的聲音，遲了好一會才意識到自己被車撞了。

晚歸、迷路、搞丟錢包手機還出車禍，他也太冒失了，等阿雅和阿芳知道後肯定會氣得半死，三兒說不定會立刻從深山裡殺回來罵人。

「先生！先生你聽得到我的聲音嗎？」

某人在蒲湘若的耳邊大喊，他想回應那個人，但是嘴巴、手指和眼睛都不聽使喚，只能在心中向對方道歉。

——對不起陌生人，害你被嚇成這個樣子。

——對不起阿雅，爸爸又沒在約定的時間內回家。

——對不起阿芳，下週六的棒球賽爸爸沒辦法陪你一起去看了。

——對不起三兒，妳才離開不到一年，我就捅這種大婁子出來。

「你這個木頭書生。」

混合抱怨與撒嬌的輕語在蒲湘若腦中響起，他的眼珠動了動，瞧見愛妻俏麗的小臉，染血的嘴脣緩緩上揚。

——三兒，我和阿雅、阿芳都好想妳，快點打倒那個叫天劫的東西，回到我們的身邊……

第二章

以『疑』魂作賭注

「嗚啊啊啊——」

蒲松雅聽見尖銳的哀號，頓了兩秒才意識到聲音是從自己的嘴裡發出的。

他坐在原木餐桌邊，身後站著荷二郎，而非身著白衣的護理人員，前方則坐著沉默抽菸的城隍爺，他手上的那根菸只燒了不到五分之一……四周左右，都不見濺上腦漿與血液的柏油路。

這裡不是他父親喪命的寒冷夜路，而是溫暖舒適的荷洞院，此處只有咖哩與香菸的氣味，嗅不到刺鼻的血腥味。

但是蒲松雅寧願自己真的在那條路上，他想要在那條路上抓著父親的手大吼，想要在父親穿越馬路前將人拉住，想要阻止自己的大伯將至親推上死路。

他想阻止那場引發一切悲劇的車禍——

但，那是不可能的事。

「小松雅，還好嗎？」

荷二郎的輕喚將蒲松雅拉回現實，他低著頭注視臉色慘白的人類，低垂的鳳眼中不見平時的悠哉，而是堆滿憂慮與關心。

蒲松雅抬起頭望向荷二郎，看著那張與母親有幾分相似的臉片刻，轉開目光低聲道：「我先聲明，我絕對不會喊你爺爺。」

荷二郎愣了一會，露出苦笑道：「沒關係，我也不喜歡被人這麼叫，聽起來好老。」

「你本來就很老。」宋燾公插話，他將香菸擱在菸灰缸上，面無表情的問蒲松雅：「看完了？」

「看完了。」

蒲松雅抖著手合上參冊，直到胸口翻騰的情緒平息，才望向宋燾公問：「我的母親既然沒有死於山難，那麼她是怎麼走的？」

宋燾公沒有回答，而是看向荷二郎問：「你說還是我說？」

荷二郎收緊手指，「沒有不說的選項，是吧？」

「怎麼可能有。」宋燾公說道。

「你在某方面真的很流氓……」

荷二郎嘆一口氣，拉開蒲松雅旁邊的椅子，坐下來緩聲道：「三兒在離開你父親後，就待在我這兒接受我的鍛鍊。可是我越是訓練三兒，就越覺得困惑，以她的道行和法力，至少還要五、六十年才會應天劫，現在就降劫實在很不合理。」

「但我也很難相信自己會卜錯卦、結果會出錯，所以猶豫、掙扎和考慮了很久，才決定拜託熟識的占卜師重新卜算，這才發現我真的算錯了。」

「你怎麼會算錯？」蒲松雅問。

「有人作法扭曲了天象，使我把死劫誤認成天劫。」荷二郎右手握拳，瞪著不在此處的仇敵道：「能辦到這點的人不多，我一個一個清查後，找出的嫌疑犯是寶樹姥妖，而這個老妖婆也有加害三兒的紀錄，以及設計三兒的動機。」

宋燾公在蒲松雅發問前，主動開口解釋：「你在參冊中兩度看見的黑面紗女子，是寶樹姥妖的大弟子，烏鴉妖烏金華。寶樹姥妖大概是預知到你母親會生出能威脅她的孩子，所以想借你父親的手除掉你母親，結果不只沒成功，還意外成為兩人的定情事件。」

「當我察覺到誤算時，湘若已經過世了。」

荷二郎嘆了口氣，繼續道：「我沒告訴三兒這件事，因為根據正確的占卜，她只有留在荷洞院，才有可能避過這次死劫，但如果她知道湘若身亡、寶樹姥妖盯上自己的兒子，她絕對會不顧一切離開這裡，回到你們身邊。」

蒲松雅沉下臉問：「但是母親還是知道了父親和寶樹姥妖的事，是這樣吧？」

荷二郎緩緩點頭，凝視桌面低聲道：「三兒偷聽到我和前任城隍爺的談話，留下字條後溜出荷洞院，結果……」

「為了保護你弟弟，死在寶樹姥妖的手下。」宋燾公替荷二郎說出難以吐露的話語，捻熄香菸以冷靜到近乎冷酷的口氣道：「以下是我的推測，根據是事發現場遺留的妖氣、靈力、術法遺跡、老狐狸的證言和警方的蒐證報告。」

「你母親在你和你弟弟大吵一架的同一日溜出荷洞院，她在返家途中察覺到寶樹姥妖的妖氣，趕過去後發現寶樹姥妖打算吞食你弟弟。她為了護子，和那棵老樹妖對上，但是雙方的道行差了將近四倍，你母親只能採取玉石俱焚的戰術，押上自己的魂魄與元丹招來天雷，試圖將姥妖打成木炭。」

「母親她失敗了嗎？」蒲松雅啞著嗓問。

「一半一半。就『殺死寶樹姥妖』這點，你的母親是失敗了沒錯；但在『救自己的兒子』這部分，她成功了，你弟弟沒被吞掉，還成為姥妖的合作對象。」

宋燾公雙手抱胸不解的道：「而這也是整個事件中最不可思議的一點。如果我的推論成立，你弟弟應該有目睹到姥妖和你母親的死鬥，那怎麼會和對方合作？所以，松雅，你有頭緒嗎？」

蒲松雅皺眉，思索了好一會才開口道：「我不知道，阿芳雖然脾氣比我好，可他一旦被惹火，就不會輕易饒過對方，更別提合作之類的。他會不會是被洗腦或催眠，所以才幫助寶樹姥妖？」

「可能性很低，兩界走對大多數的法術免疫，尤其是精神控制類的，除非當事人同意，否則幾乎不可能成功施法。」

宋翥公皺皺眉，搖著手道：「罷了，這個問題等我們踢翻寶樹姥妖的老巢後，直接問當事人就知道了，現在先處理別的問題。」

「別的問題？」蒲松雅問。

「我先前提過，寶樹姥妖有兩界走支援，要找到她非常困難，但如果有同為兩界走的你幫忙，我們就輕鬆了。」

宋翥公起身朝蒲松雅伸出手問：「你願意幫助城隍府緝凶嗎？」

蒲松雅盯著宋翥公的手，沉默片刻問：「如果我答應，那我有可能與我弟弟為敵，或是

刺激寶樹姥妖推他出來當肉盾嗎？」

「我無法保證會或不會，但以我的直覺，會的機率比較高。」宋燾公答得果決。

「……我必須現在就做決定嗎？」

「我給你一週的時間考慮。」宋燾公放下手，他繞過桌子拿起參冊道：「我得回城隍府了，你決定好就打電話給小正。」

「抱歉。」蒲松雅低下頭道。

「你道什麼歉？我也是當哥哥的人，了解你的顧慮。」

宋燾公重拍蒲松雅的肩膀一下，和荷二郎交換一下眼色後，轉身離開十五樓。

蒲松雅聽著宋燾公遠去的足音，他深吸一口氣站起來道：「我有點睏了，廚房和餐具能拜託別人收拾嗎？」

「當然可以。小松雅，你……」

「晚安。」

蒲松雅打斷荷二郎的關心之語，快步逃回房間，關上房門後將身體扔上床鋪。

花夫人、黑勇者和金騎士被關門聲所驚動，兩貓一犬從書桌、書櫃和軟毛墊上下來，走到床鋪邊嗅聞與碰觸主人的臉。

蒲松雅拍拍貓狗的頭，眼角餘光掠過床邊的矮櫃，瞧見自己的手機，螢幕上映著「未接來電一通」六個字。

他伸手將手機抓過來，解鎖後瞧見胡媚兒的電話號碼，狐仙在兩個小時前打來，當時他忙著攪拌咖哩飯，人和手機之間隔了一道牆與一個客廳。

蒲松雅盯著胡媚兒的號碼，將食指按上回撥鍵，等待近二十秒後接通。

「等一下我接電話……喔喔喔喔松雅先生主動打給我耶！」

胡媚兒在電話那頭大喊，蒲松雅趕緊將手機拿遠，直到狐仙的聲音散去才怒罵：「別對著手機大吼大叫，妳想震破我的耳膜嗎！」

「對不起對不起，但是這太稀有了，所以我忍不住激動了一下。」

「妳對稀有的定義有非常大的問題。」

蒲松雅邊說邊從側躺轉為仰躺，在聽見胡媚兒活力充沛的聲音時，束縛他神經的繩索忽然解開，壓在肩上的重石也消失無蹤。

太奇怪了，眼前的問題明明一個都沒解決，他沒道理覺得安心或放鬆。

胡媚兒不知道蒲松雅的心情，高聲抗議道：「才沒有問題！是松雅先生太少和我通電話，你應該更常和我聯絡才對，以後一天一通，這樣我就不會覺得稀有了。」

「白痴啊！我們住樓上樓下，有什麼事直接爬樓梯按電鈴就好，打電話太浪費錢了。」

蒲松雅將手放到花夫人的背上，突然起了惡作劇的念頭，故作神秘問：「對了，妳知道我今天晚餐吃什麼嗎？」

「吃什麼？」

「海鮮咖哩，材料有螃蟹、龍蝦、扇貝、鮑魚、生蠔、花枝，以下省略十項。」

「吃、吃這麼好！我這邊只有便當而已……你們有沒有留我的分？有吧？絕對有吧！」

胡媚兒語氣激動起來，彷彿能讓人想像她在電話那頭流口水的模樣。

「沒有。」

「為——什——麼——」

「處罰，誰叫妳不乖乖回來吃晚餐。海鮮咖哩超、級、好、吃。」蒲松雅繼續捉弄道。

「嗚嚕嚕……我也想回去啊！但這次的冬裝目錄在外縣市拍，我沒辦法一日來回！」

胡媚兒又是哀號又是尖叫，偶爾還冒出捶地板的聲音，扼腕之情溢於言表。

蒲松雅掛著微笑，他將手機緊緊壓在耳朵上，捕捉狐仙發出的每一個聲音，感覺那些聲響像是醫者的碰觸，溫柔的撫過身上的傷口。

「沒關係！明天我自己去吃咖哩，這附近有很有名的咖哩店，我自己去吃二、三十盤！」胡媚兒大聲宣誓。

「妳嚇死店家啊！收斂一點，吃五盤就好了。」

「五盤才不夠，我……」

胡媚兒的話聲忽然轉弱，沉默數秒後一反先前的激昂，放軟了聲音問：「松雅先生，你沒事吧？」

蒲松雅的笑容僵住，努力維持鎮定問：「沒事，為什麼這麼問？」

「為什麼……直覺吧……沒錯，我直覺認為松雅先生怪怪的。你真的沒事嗎？如果你需要我的話，我可以立刻趕回去。」

胡媚兒關切的聲音中，那股擔憂傳進了手機這頭的蒲松雅耳裡。

「……」

「松雅先生？」

「如果妳丟下工作提前跑回來，我就沒收妳的海鮮咖哩。」

「欸？什麼！咖……」

蒲松雅掛斷電話，他將手機丟到枕頭上，闔上眼疲倦的呢喃：「胡媚兒那傢伙，為什麼總是在不該精明的時候精明？」

蒲家貓狗歪頭看著蒲松雅，牠們聽不懂人類的話語，但看得出來主人快睡著了，為了提醒對方還沒給晚餐，紛紛用腳或頭去頂人。

蒲松雅愣了幾秒才讀懂毛小孩的意思，他慢吞吞的爬下床，從冰箱中拿出裝自製貓食狗食的保鮮盒，微波後將食物放進寵物的碗裡。

「汪汪！」

「喵嗚——」

蒲松雅在汪喵聲中放下碗，在寵物吃飯時到浴室沖澡換睡衣，再拖著腳回到床邊。

當蒲松雅坐上床鋪時，發現手機的螢幕是亮的，他皺皺眉，拿起手機想看是誰傳訊息過來，結果這一看，他整個人就凍住了。

某個陌生的帳號透過通訊軟體傳了一張自拍照給蒲松雅，相片的背景是間知名的連鎖咖啡廳，人物則是蒲松芳和聶小倩，前者一手拿手機、一手壓在嘴脣上，後者則是面無表情的注視著鏡頭。

▼※▲▼※▲▼※▲▼※▲

在大多數人的心目中，如果妖怪要移動到某處時，應該會使用奇妙的術法飛天遁地，或者是走陽間人看不見的神秘通道。

烏金華完全符合一般人對妖怪的定義，她是道行五百年的烏鴉妖，精通各種法術，尤其擅長驅屍術與詛咒。她以人類的精氣與魂魄為食，下手時不顧慮當事人的安危，對自己的行為也毫無愧疚或不安。

不過，當烏金華打算前去某地時，她並不是採用詭譎的法術，而是像普通人類一樣，開車子走馬路前往目的地。

為什麼？

因為對烏金華而言，握方向盤與踩油門比遁地之術輕鬆方便，且移動途中還能順便物色獵物，何樂而不為？

今日也是如此，烏金華開著心愛的深紫色金龜車出門，經過半個多小時的車程後，到達寶樹基金會本部。

寶樹基金會本部是一棟十層樓的大樓，樓房本身並不新，暗褐色的牆壁與梁柱都能找到汙損，造型也相當中規中矩，但卻是周圍住民的活動中心。基金會的一樓大廳每週定時供社區的跳蚤市場擺攤，二、三、四樓是才藝教室與辦公室，五樓以上則是員工宿舍，以及提供給家暴、遊民、低收入等有特殊需求或急用者借住。

烏金華將車子駛入基金會地下三樓的停車場，她下車搭電梯來到四樓，電梯門一打開就聽見重疊的笑聲，只見十多名中年婦女站在樓中央的透明水晶樹邊聊天。

「啊，是金華！」

一名婦女看見烏金華，開心的揮手打招呼。

「早啊執行長，今天比較晚呢。」

「吃過早飯了嗎？我這邊有饅頭、包子和飯糰。」

「要不要喝杯茶？」

婦女們湧向電梯，熱情的迎接烏金華，關心對方的臉色與穿著，也說起自己最近開心與悲傷的事。

烏金華笑著與婦女交談，在水晶樹邊待了將近一小時，才拎著裝滿早點與點心的塑膠袋，走進掛有「執行長室」牌子的辦公室。

她一關上辦公室的門，臉上的應酬性笑容就瞬間消失，手臂一揚便將塑膠袋扔進垃圾桶，冷著臉走向紅木書桌，打開電腦處理信件。

寶樹基金會表面上是慈善組織，而烏金華為了不讓外界起疑，也真的有進行一些關懷弱勢、捐助或公益投資。

隨著基金會的規模擴大，這些偽裝工作也占去烏金華大多數的時間與精力，讓她常常湧起「我之所以修煉五百多年，才不是為了批公文和辦活動」的惱怒。

「金華姐！」

烏金華的女秘書打開辦公室的門，露出一顆頭問：「我們要去便當店買午餐，要替妳帶一份嗎？」

烏金華從螢幕後抬起頭道：「麻煩妳了，我要排骨便當加魚片湯。」

「沒問題。金華姐，妳也休息一下，別把身體操壞囉。」

「我盡量。」

烏金華揮揮手，看著女秘書關上門，靠上皮椅冷聲道：「小倩，就算妳是鬼，進來前也應該先敲門。」

辦公室右側的書櫃湧起一陣白煙，聶小倩從煙霧中現身道：「如果我敲門，會嚇到妳的秘書。」

「如果妳規規矩矩的走大門，而不是像個鬼一樣竄進來就不會。」

烏金華將視線放回電腦上問：「妳來這裡做什麼？我可不記得自己有叫妳過來。」

「來取松芳少爺的藥。」

「還有呢？」烏金華挑眉問。

聶小倩沉默，下一秒就猛然跪倒在地，揪著胸口痛苦的蜷起身子。

讓聶小倩摔倒的人是烏金華，她左手掐著長鐵針，右手拿著一塊人骨，長針的尖端微微沒入骨頭，捅出細小的坑洞。

「妳最近真是越來越不知分寸了啊！」

烏金華起身，一面轉著長針挖深小洞，一面緩慢的走向聶小倩道：「我還以為妳是來向我謝罪的，結果……妳還真是一心一意的向著『王子殿下』呢。」

「我沒……嗚！」

「閉嘴！我有准妳開口嗎？」

烏金華按壓鐵針，看著聶小倩輪廓晃動、鬼氣逸散的模樣道：「搞清楚妳的身分和任務。寶樹夫人之所以將妳派到蒲松芳身邊，不是讓妳去玩戀愛遊戲，是要妳監視那個小毛頭，回報他的一舉一動。」

「啊、呃嗚……」

「結果妳都幹了什麼？和蒲松芳眉來眼去就算了，居然還反過來洩漏情報給對方，害我得花大把力氣替那個小鬼頭收拾善後。」

烏金華手指一按，讓鐵針刺穿人骨。

「而妳對此居然一點歉意也沒有，還厚著臉皮闖進來替那個小鬼頭向我討東西，不知羞恥、吃裡扒外也得有個限度！」

聶小倩渾身打顫，勉強擠出聲音道：「對……不起。」

「叫妳的王子殿下親口向寶樹夫人說吧！」

烏金華抽出長針，她在聶小倩眼中看見驚愕之色，勾起紅唇冷笑道：「沒錯，如妳所想，夫人全都知道了，而且和我一樣，很想知道妳的小王子該如何解釋自己的任性之舉。」

聶小倩雙手緊握，抖著嘴唇仰望烏金華，黑瞳中寫滿畏懼。

烏金華享受著聶小倩的恐懼，她轉身走回紅木桌前，拉開抽屜拿出一個小布袋，將袋子扔到女鬼面前道：「拿去，妳心心念念的『續命驅陰丸』。蒲松芳那孩子也真是不顧自己的性命啊，明知道沒定期服藥就會引起反噬，卻老是拖到最後一刻才派妳來討藥。」

聶小倩抓住小布袋，扶著書櫃搖搖晃晃的站起來。

「照顧這麼不知輕重的孩子，妳也真是辛苦啊！」

烏金華故作惋惜的搖頭苦笑，倚靠著紅木桌道：「今晚七點，寶樹夫人在蘭若寺等他，千萬別遲到了。」

「……是。」

聶小倩點頭，抓緊裝滿藥丸的小布袋，緩慢的走出辦公室。

▼※▲▼※▲▼※▲▼※▲

聶小倩拿到救命的藥後，立刻奔向她與蒲松芳的居所。

她不顧自己還沒從傷害中復原，忍著劇痛使出遁地術，一口氣穿過十多棟房舍與馬路，從市中心轉移到郊區。

「呼……」

聶小倩輕輕吐一口氣，她站在無人也無車的巷子口，左右不是高聳的玻璃帷幕大樓，而是有著獨立小院子、茂密老樹與爬藤，高度不超過三層樓的四十多年舊屋。

而在這一群舊屋中，有一棟屋子一反同伴的樸素與低調，頂著鮮紅色的屋頂、深藍色的牆壁與鮮黃色的圍牆，還在屋瓦與牆面上黏貼了大大小小的彩色玻璃，像是身穿小丑裝的老頑童。

聶小倩朝著過度鮮豔的舊房子走去，掏出鑰匙像普通人一樣打開圍牆的鐵門，走過種滿玫瑰、牽牛花以及放了一堆彩繪木馬和印地安圖騰柱的庭院，踏上階梯，推開沒上鎖的住宅大門。

門內凌亂到幾乎找不出駐足之地，大大小小的布偶與枕頭從客廳的沙發、櫃子一路蔓延到通往二、三樓的樓梯口；餐桌上堆滿了書籍與光碟盒，桌子下則放著燒杯、酒精燈、試管、顯微鏡、木頭架子……等等實驗用具；廚房是屋內唯一有空間的地方，但卻空到冰箱也空空如也。

聶小倩熟練的避開地上的雜物，從玄關走到樓梯前，上到二樓來到懸掛黑蝙蝠掛牌的門前，敲敲門板道：「松芳少爺，是我，我能進房嗎？」

「……」

「松芳少爺？」

聶小倩打開房門，看見蒲松芳臥躺在單人床邊的地板上，她的雙眼馬上瞪大，踏進房間踢開擋路的書報雜誌，跑到床邊將人翻過來探鼻息。

蒲松芳還有氣息，但是呼吸短促、體溫過低，額頭上也爬滿冷汗，糾結的臉龐看起來十分痛苦。

聶小倩將人抱到床上，轉身將書桌上的文具、公仔與空血袋掃到地上，翻出被這堆東西埋住的礦泉水，扭斷瓶口奔回床邊。她拿出布袋中的棕色藥丸塞進蒲松芳口中，再含了一口水，口對口渡給蒲松芳，小心翼翼的調整對方的身軀，讓藥丸能順利乘著水滾進喉嚨。

在一陣折騰後，聶小倩總算讓蒲松芳吞下藥，她鬆口氣放下礦泉水瓶，坐在床邊看著昏迷的人類，直到瞧見對方的手指顫動、睜開雙眼，才放下心中的大石。

「小倩？」

蒲松芳迷迷糊糊的呼喚眼前人的名字，在聶小倩的攙扶下坐起來，看看床邊的斷頭礦泉水瓶，再瞧瞧枕頭上的布袋子，揉著眉心問：「我又發作了？」

「是的。」

聶小倩拿起小布袋，凝視蒲松芳認真嚴肅的道：「松芳少爺，您是依靠寶樹夫人的法力續命，但是夫人的陰氣會侵蝕您的陽氣，如果不定時服藥的話，您會……」

「變成冷冰冰的屍體。」蒲松芳打斷聶小倩，揮揮手煩躁的道：「我知道、我知道，小倩妳別唸我了，愛唸人的女生會被討厭喔。」

「我不是女生，是女鬼。松芳少爺，這是攸關生死的事，延遲吃藥對您百害無一益，請不要再做出這種輕率之舉。」

「我只是想測試看看自己的極限，而且這也沒到『無一益』這麼慘啊，至少……」

蒲松芳驟然靠近聶小倩，在對方的耳邊輕笑道：「當我發作時，小倩會溫柔的吻我——妳剛剛用嘴巴餵我喝水吧？」

聶小倩整個人僵住，直到蒲松芳下床走向門口後，才回過神追上對方道：「松芳少爺，那是必要的措施，不是人類定義的親吻。然後我是女鬼，將女鬼的吻當成益處是不科學、不正常、不應當的，您若是渴望與靈長類雌性進行黏膜接觸，應當尋求有溫度且尚未亡命的對象。」

「哈哈哈！有機會的話我會。小倩妳語無倫次的樣子還是那麼好玩！」

「松芳少爺，我不是在開玩笑！」

「我知道，小倩是最認真的，所以也最好玩了。」

蒲松芳大笑著下樓，他來到客廳的藍沙發前，後仰倒上五人座的大沙發，愉快的伸展四肢道：「心情一好肚子就餓了。小倩，今天午餐吃什麼？」

聶小倩愣住幾秒，垂下頭低聲道：「松芳少爺對不起，我忘記買午餐了。」

「欸欸，小倩居然忘記買飯，好稀奇！」

「我現在就去買。和昨天一樣吃粥可以嗎?」

「不可以。」

蒲松芳一秒拒絕,摸著下巴仰望秀麗的女鬼道:「小倩難得忘事,必須要好好懲罰一下。今天的午餐不買外面的,改由聶小倩大廚親自烹調!」

聶小倩的嘴角下垂半公分,凝視著蒲松芳好一會後,轉身同手同腳走向廚房。

蒲松芳緊急抓住聶小倩的手道:「我開玩笑的啦!小倩可是會把泡麵調味包和乾燥劑搞錯的人,要妳煮飯太欺負人了。」

「……對不起。」聶小倩垂下肩膀,想起因為自己的失誤,害蒲松芳半夜送急診的悲慘記憶。

「還是叫外賣吧!」

蒲松芳將手伸向茶几底下,抓起一大疊餐廳的菜單,翻閱後舉起速食店的單子道:「最近吃太清淡了,來頓炸雞套餐吧。小倩,點餐就拜託妳了,我要全家炸雞桶加點一份薯條和兩杯可樂。」

「遵命。」

聶小倩接下菜單去撥電話。

二十多分鐘後，速食店的員工騎著機車將餐點送到，在雜亂的庭院中將散發溫熱香氣的食物送到她手上。

由於餐桌上下的雜物太多，所以蒲松芳與聶小倩捨棄餐廳，改在客廳的茶几用餐。

他們訂了兩人份的餐點，卻僅有蒲松芳一個人抓著炸雞大啃特啃，聶小倩只喝了幾口可樂，就放下杯子默默看著人類進食。

「哇啊，總算復活了！」

蒲松芳長長的吐了一口氣，抓起衛生紙擦擦手。

「果然肚子餓、心情差的時候就要吃酥酥脆脆的高熱量，用香噴噴的油脂滋潤受損的心靈和肉體！小倩妳說是吧？」

「是的。」聶小倩點頭，雖然她完全無法理解蒲松芳對油炸食物的熱愛。

「不過如果被阿雅看到，大概會很火大的說：『不是蛋白質就是澱粉，一點維生素、纖維和礦物質都沒有，拿這些垃圾食物當正餐，你是嫌自己活太久嗎？』……」

蒲松芳越說聲音越低，他盯著手中的衛生紙，握拳掐緊紙張低語道：「阿雅不知道有沒有好好養傷？他是工作狂，還有輕微的自虐傾向，沒人盯著的話肯定不會好好躺在床上休養。」

「他有荷狐洞君的保護，健康與安全都無須憂慮。」

「說得也是……有道行上千歲的狐狸仙人看著，就算是阿雅應該也玩不了花招。」

蒲松芳邊說邊望向聶小倩，停頓幾秒靠過去問：「小倩，妳是不是在不高興？」

「不是。」

「果然在不高興。為什麼？因為我把妳的炸雞統統吃掉了嗎？」

「我沒有不高興。」

「不是炸雞啊……那是吃藥的問題嗎？但我應該已經成功轉移妳的注意力了啊！」

蒲松芳摸著下巴，凝視聶小倩片刻後雙手一拍道：「是阿雅嗎？妳不高興我提阿雅，是這樣嗎？」

「我沒有不高興。」聶小倩重複，同時嘴角拉平了零點二公分。

蒲松芳沒漏看這細微的變化，他舉起手輕彈聶小倩的額頭道：「騙人，明明就超不高興。我不是說過很多次嗎？不高興的時候就大聲抗議，高興的時候就哈哈大笑，妳在我面前不需

要隱藏或忍耐。」

聶小倩微微抿嘴，沉默片刻後開口道：「松芳少爺的兄長……一直在妨礙松芳少爺，還讓少爺被烏夫人問罪。」

「沒到一直妨礙的地步啦！」蒲松芳聳聳肩膀笑道：「畫廊一次、醫院一次，合起來只有兩次。至於問罪……妳是說烏鴉老太婆傳來的超囉嗦簡訊嗎？那個我只看頭兩個字就刪除了，受到精神傷害的反倒是老太婆。」

聶小倩蹙眉，低下頭掐緊可樂杯道：「但仍是妨礙。他是松芳少爺的血親，最看重的人，但卻不協助松芳少爺，非常奇怪。」

「阿雅要是站在我這邊，那才叫非常奇怪。」

蒲松芳伸手將快被聶小倩捏爛的杯子抽出來，戳著中央凹陷的紙杯道：「我現在是可愛又迷人的反派角色，阿雅作為善良又正義的光明騎士，當然要盡全力阻止我前進。」

聶小倩的嘴脣微微開啟，看起來像是想說些什麼，但最後仍沒發出任何聲音。

「不過善良啊、正義啊，說穿了也不過是有力量之人的玩具。俗話說：『竊國者侯，竊鉤者誅。』不管是多壞、多不擇手段的人，只要能搶下最後的勝利，大家就會自動替他掛上

正義的牌子。」

蒲松芳邊說邊轉著杯子道：「我對正義的牌子沒有興趣，但是我討厭輸和吃虧，所以我會動用一切資源和手段來取勝。然而阿雅不是這樣，阿雅很重視正當性，而且只要不惹自己或傷害周圍的人，就算輸了也無所謂。」

「……」

「所以，儘管我比任何人都重視阿雅，阿雅也比任何人都惦記著我，但我們仍不屬於同一個陣營。」

蒲松芳拿起扭曲的紙杯，吸了一大口可樂再遞還給聶小倩。

「現在我的夥伴只有小倩一個人，小倩以外的人、鬼、妖全是敵人。小倩，今後也請妳多多指教，不要輕易拋棄我喔！」

聶小倩望著被蒲松芳含過的吸管，想起上午在烏金華辦公室受到的斥責，轉開視線輕聲道：「我只是聽命辦事的鬼奴，不配成為您的夥伴。」

「就算妳是聽命辦事的鬼奴，妳也是我的夥伴。」

蒲松芳對著聶小倩露出燦爛的笑容，伸長手將紙杯塞進對方掌中道：「而我們這個邪惡

雙人組會不擇手段、不計代價、不考慮正當不正當，只為了我們的目的而前進，是吧？我的小倩。」

聶小倩蒼白的臉上浮現淡淡的紅暈，緩慢、慎重的握住紙杯道：「是的，松芳少爺。」

「是『我的松芳少爺』。」

「我的……松芳少爺。」

「很好。」

蒲松芳後仰靠上大熊布偶，張開雙腳伸懶腰問：「對了，小倩，妳今天去找老太婆時，有被她刁難或欺負嗎？」

「沒有。」

聶小倩迅速回答，她想起臨走前烏金華交代的事，正坐嚴肅的道：「松雅少爺，烏夫人要我轉告您，今晚七點寶樹夫人和她在蘭若寺等您。」

蒲松芳輕呼一聲道：「喔，夫人總算翻我的牌子啦？我是不是要準備一些玫瑰或巧克力帶過去？」

「松芳少爺……」

「好好好，我開玩笑的。」

蒲松芳搖搖手，然後指著自己的臉道：「這是針對我的檢討會吧？老太婆為了報復我搶走她精心烹調的小狐狸特餐，所以一狀告到夫人面前，打算請老佛爺親自出手管教胡搞瞎搞的小屁孩。」

「真是好預料、沒懸念的發展，老太婆的反應真是一點樂趣也沒有。」蒲松芳對即將面對的事態下了註腳。

「這不是有趣的事，如果少爺無法提出合理的解釋，夫人恐怕會嚴懲您。」

「夫人不會對我怎麼樣。」

蒲松芳的笑中浮現寒意，他抓起地上的綠葉形靠墊，掐著葉梢低語：「我們兩個是共生關係，哪方倒了，另一方都活不了，她頂多唸我幾句，不會有實質的懲罰。」

「但是這次烏夫人……」

「她鐵了心要教訓我。」

蒲松芳鬆手讓靠墊落地，站起來轉轉手臂道：「好吧，看在老太婆認真起來的分上，我也花點力氣準備吧。小倩，去把抽血的工具拿過來，咱們來製作一袋新鮮的兩界走全血當賠

罪禮。」

「遵命。」

聶小倩起身走到壁櫃前，打開櫃門，將放在裡頭的迷你抽血機、消毒器具與空血袋拿出來。她將機器放到櫃子旁的小桌上，雙手熟練的插電、組裝管子與針頭，心裡卻在憂慮著晚上的事。

只靠一袋血，就能平息寶樹夫人和烏夫人的怒火嗎？

▼※▲▼※▲▼※▲▼※▲

蒲松芳在抽完血後，先躺在沙發椅上睡了三個多小時，再窩在自己的房間裡東摸西摸了好一陣子，直到與寶樹夫人會面的時間將近，才在聶小倩的催促下出門。

聶小倩考量到蒲松芳的身體狀況，沒有使用遁地術，而是叫計程車前往蘭若寺。

蘭若寺座落在寶樹基金會本部的後方，青色的圍牆裹住茂密的樹林，樹林包圍百年古寺，寺前的葫蘆狀水池映射著周圍大樓的燈光與日光或月光，白天給人清靜之感，夜晚則散發神秘氣息。

計程車將蒲松芳與聶小倩載到圍牆邊，兩人下車穿過圍牆的拱門，踏著石板路走過樹林，走過橫越湖面的九曲迴廊，來到蘭若寺的正殿前。

正殿的紅木雙扇門左右敞開，殿內供奉著一尊等身大的菩薩像，而菩薩像的後方種著一棵五人環抱的神木，神木一半在大殿內，另一半則穿過殿頂處於殿外，而位於殿內的部分繞著一圈金邊黑長紗。

只是這棵神木雖然高聳粗壯，樹身上卻有不少燒焦的痕跡，枝葉也稀稀疏疏，給人一種久病未癒的感覺。

蒲松芳無視桌案上的菩薩像，快步繞過桌子來到正殿後方，看著站在神木邊的烏金華，雙手扠腰得意道：「噹噹！我今天準時到達，妳拿遲到攻擊我的企圖破滅了。」

「你也只有『今天』準時。」

烏金華冷淡的回話，她像是看見什麼髒東西一樣，迅速將目光從蒲松芳身上挪開，轉身面向神木道：「夫人，蒲松芳和聶小倩到了。」

「喔，人都齊了嗎？」

和緩的話聲從神木中飄出，樹腰上的黑紗輕輕晃動，在無風也無外力幫助下掀起，露出底下水滴狀的樹洞，以及端坐在洞內蒲團上跪坐的紅衣老婦人。

老婦人有一張微尖的瓜子臉，臉上能見到不少皺紋，但並不因此顯老，反而讓人覺得親切慈祥；她頂著雪白的髮髻，髻上插著一根銀髮簪，簪子襯托著身上的大紅色旗袍，看起來貴氣又明亮。

假如不說，沒人能看出來，這位纖瘦和氣的老婦人就是被天界與地府列為通緝犯的大妖怪——寶樹姥妖。

烏金華低下頭尊敬的道：「是的，夫人，可以開始……」

「寶樹奶奶晚安啊！」

蒲松芳突然插話，他揮動右手來到樹洞前，大刺刺的坐下道：「奶奶的召集令發得太晚了，害我沒時間準備玫瑰和糖果給妳。」

寶樹姥妖露出微笑，搖搖頭輕聲道：「小芳兒你每次都這麼說，但不管老身早通知還是晚通知，你都沒帶花與果子。」

「下次我一定會帶啦！今天我準備了更好的東西。」

蒲松芳打一個響指，聶小倩立刻提著保溫箱走過來，打開箱蓋拿出裡頭的血袋。

寶樹姥妖眼睛一亮，伸手接下血袋掂了掂道：「這是……離體不足半日的血，靈力和陽氣都還沒流失，的確是比鮮花與糖果更好的禮物。」

「當然，我怎麼可能送二流的禮物給奶奶呢。」

「不過金華卻因為你的關係，只能繳上二流的靈魂啊。」寶樹姥妖放下血袋，拉起蒲松芳的右手道：「金華告訴老身，她原本打算獻上由百年狐妖煉製成的慢魂，但卻被你從中搗亂，只能改取普通人類的慢魂，這是真的嗎？」

烏金華緊繃著臉道：「不只如此，他還因此驚動城隍和荷狐洞君，害我得一面替他的任性舉動擦屁股，一面還得閃避地府和荷狐的人，不得不暫時停止和疑魂候選者的接觸。這麼一停頓，就算最後順利取得魂魄，恐怕也會錯過適合服魂的陰邪之日，讓夫人您的『五毒癒邪大法』無法盡全功。」

「那可嚴重了啊！」寶樹姥妖輕拍蒲松芳的手背，露出責難的苦笑道：「小芳兒，老身看了你這麼多年，知道你雖然有愛惡作劇的壞習慣，但仍是個聰慧、以大局著想的好孩子，怎麼會闖出這麼大的禍呢？」

蒲松芳反握寶樹姥妖的手，笑容燦爛道：「因為我沒有。這些禍全是金華姨自己捅出來的。」

烏金華愣住，接著立刻氣紅了臉道：「事實、證據都攤在眼前，你還想耍賴嗎！」

「耍賴的人是妳吧？」

蒲松芳斜眼盯著烏金華，驟然收起笑意問道：「妳想利用那隻笨狐狸除掉阿雅吧？這可是違反我和寶樹奶奶的約定喔！奶奶明明有答應我，只要我幫助妳們，妳們就不會傷害阿雅。」

「胡瓶紫的個人舉動與我無關，他本來就是隻善妒、占有欲強的狐妖，過去也有設計陷害師姐周邊人類的紀錄，會把蒲松雅丟下懸崖並不叫人意外。」烏金華面無表情的回答。

蒲松芳冷笑道：「把阿雅推下崖的人，的確是那隻笨狐狸，但是教那隻笨狐狸解除阿雅身上的『隱荷守命術』的人，是妳吧？」

烏金華的雙眼微微睜大，轉頭瞪向聶小倩。

「停止！」

蒲松芳雙手交叉高舉過頭道：「金華姨怪錯人了，這和小倩無關，是我自己猜的。金華姨，感謝妳迅速咬住我丟出的魚餌，承認自己違反寶樹奶奶的命令。」

烏金華的臉由紅轉白，再由白恢復正常的色澤，撇開頭不悅道：「我是有借胡瓶紫的手，暗自對荷狐洞君的法術做手腳，但那只是想測試看看自己的能力。而且事後證明，我並沒有解除隱荷守命術的能耐，要不然你的兄弟就不只是摔斷腿了。」

「但妳的確想解開法術。」

「是『嘗試』解開法術，我和荷狐的道行差了超過三倍，想也知道我不可能破解他設下的法術。」

「我才不管妳能或……」

「夠了、夠了，兩邊都停下來。」

寶樹姥妖揚起手截斷雙方的交鋒，看著烏金華與蒲松芳道：「金華，這次是妳不對，無論成功不成功、間接或直接，妳都不該做出威脅蒲松雅的事；而小芳兒，你在理上站得住腳，卻也做得太過火了，萬一引來鬼差甚至荷狐本人，那可會大大打亂我們的計畫呦。」

「不不不，寶樹奶奶妳被金華姨誤導了。」

蒲松芳搖搖食指，側身望向烏金華道：「我之所以吸乾那隻笨狐狸的氣，不僅是因為他

對阿雅出手，更重要的目的是要封口。當我闖進病房時，阿雅正在逼問那隻笨狐狸的情報來源，要是放著不管，那隻笨狐狸一定會將金華姨供出來。」

烏金華單手扠腰道：「我沒笨到告訴胡瓶紫自己是誰，他不知道我的真名，甚至沒見過我的臉。」

「但是他的手機中留有妳的通訊紀錄。只要透過紀錄追查網路位址，就能知道妳是在哪裡上網，然後再到妳上網的地方調閱監視器……妳的真面目就曝光啦！」

蒲松芳停頓片刻，瞇起眼微笑道：「金華姨，妳雖然知道要申請分身帳號，卻不曉得要怎麼使用代理伺服器或跳板連線吧？這樣子可不行啊，人類雖然不會道法，卻有名為『科技』的可怕魔術，不能掉以輕心喔。」

烏金華微微抿脣，看著蒲松芳不發一語。

「不過妳不用擔心，因為……」

蒲松芳翻翻口袋，拿出一臺螢幕龜裂的手機道：「小倩發現妳的失誤，將那隻笨狐狸的手機帶走了，妳可要好好謝謝她，別再動不動就拿針戳人家的骨頭。」

寶樹姥妖見自己的徒兒被逼到握拳發抖，搖著頭笑出來道：「小芳兒、小芳兒，你這個口如利劍的孩子。好吧，看在你如此努力的分上，老身這回就不追究了，但是下不為例。」

蒲松芳點頭，靠在樹洞邊親暱道：「謝謝寶樹奶奶，我就知道奶奶最疼我了。」

「但也最為你頭痛。」

寶樹姥妖語畢，嘆一口氣苦惱的道：「距離下一個陰邪之日只剩兩週，但是金華卻沒辦法靠近疑魂的擁有者，你有什麼好法子嗎？」

「有，放棄金華姨看上的人選，改用我準備的人。」

「你能在兩週內準備好疑魂？」烏金華問。

「我能在七天內準備好。」

蒲松芳扶著樹幹站起來，拿出自己的手機滑出月曆道：「而七天後……哇啊，是農曆的七月初一，鬼門開的至陰之日，選這天吞食疑魂的效果，絕對好過十四天後。」

寶樹姥妖看著手機螢幕，思索片刻後問：「小芳兒，你確定你能在七天後取得疑魂？別為了和金華嘔氣，就逞強說出自己做不到的事。」

蒲松芳挺直腰桿道：「我當然能，如果我七天後食言，金華姨要怎麼懲罰我，我都不會有怨言。」

烏金華勾起嘴角，轉向寶樹姥妖道：「夫人，看在這小子難得認真起來的分上，疑魂就交給他處理如何？」

「只要別耽誤到吞魂之時，老身沒有意見。」

寶樹姥妖忽然舉手遮住嘴巴，咳嗽了兩聲再放下手道：「老身有點累了，今天就到此為止。小芳兒、小倩，你們可以回去休息了；金華，妳留下來幫老身調息。」

「謝謝寶樹奶奶，晚安！」

蒲松芳前傾身子擁抱寶樹姥妖，然後轉身帶著聶小倩離開。

就在兩人踏出正殿的那秒，寶樹姥妖臉上的疲態與淺笑也一併消失，她取出絲帕擦拭握過蒲松芳的手，閉上眼睛低聲道：「金華，難為妳扮黑臉了。」

「協助夫人是我的職責，一點也不難為。」

烏金華走到樹洞前，鬆鬆肩膀苦笑道：「而且我沒有夫人的度量，沒辦法忍下怒氣，擺出笑臉照顧那種不成熟的小毛頭。」

「哈哈哈！想想他的價值，妳就能忍住了。」

「在那之前，我會先想到他的威脅。」

烏金華望著蒲松芳離去的方向，面色凝重的道：「『燃盡樹姥者，唯兩界走。』根據夫人您自己的占卜，他和他的兄弟是唯一能殺死您的人物，將他留在身邊太危險了。」

「是很危險，但也沒有妳想像中的危險。老身的卜文中所指的兩界走，是指『完整』的兩界走，光憑蒲家的哥哥或弟弟，沒辦法拿我怎麼樣。」

「那麼就將他拘禁起來，或者換一個比較能信賴的監視者。小倩那丫頭完全被蒲松芳收買了，別說替夫人看住人了，不偷偷替那小子刺探我們的情報就不錯了。」烏金華邊盤算邊提防道。

「小倩是向著蒲松芳，但只要她的骨灰罈還在我們手中，不管那小女娃心裡念著誰，都只能遵從我們的命令。」

寶樹姥妖邊說邊揚起左手，一根細樹藤立刻從她的座下竄出，捲起放在蒲團上的血袋，用力一扭壓破袋子，令鮮血濺上焦黑的樹身。

「再說，現在更換或增加監視者，只會激起蒲松芳的警戒心，倒不如維持現狀，讓他誤以為自己占盡優勢。」

「但是……」

「反正蒲松芳再囂張，等到老身的邪法功成，他也沒戲唱了。」

寶樹姥妖伸手觸摸樹身，按壓著因鮮血而濕潤的燒焦處，瞇起眼睛，想起六年前犯下的失誤。

她為了除去自己命中的煞星，費盡心思引開荷狐洞君與其師妹，再策動蒲家的親戚害死蒲湘若，在調走、除去兩界走周圍的保護者後，總算等到兩兄弟落單的時候。

寶樹姥妖在公園內等到奔出家門的蒲松芳，本打算當場吃掉對方，沒想到在下手之前，本該在山中閉關的荷三娘忽然現身，打亂了她的算盤。

——妳打算對我的兒子做什麼！

——我沒能守住阿若，但我不會讓妳傷害阿芳和阿雅！

——就算死……就算要毀去七百多年的道行，我也……別小看做母親的女人！

荷三娘為了救自己的孩子，不惜以身為餌，讓寶樹姥妖的樹藤貫穿自己的身軀，再擊碎元丹招來天雷。

荷三娘當場斃命，但她的捨命一擊也將寶樹姥妖打成焦炭，為了保命不得不對同樣半死不活的蒲松芳施行同命術，靠著對方能無差別、無限制吸取精氣的能力，藏身於市井慢慢修復身軀。

「那個孩子相信，老身如果沒有他就會死。」

寶樹姥妖笑了笑，控制樹藤將空血袋拋出道：「但其實老身早就不需要同命術續命，力量也恢復了六、七分，若不是擔憂會再出意外，老身現在就能吞了蒲松芳。」

「以夫人的能為，這是當然的。」

「沒錯，所以妳也別替我憂慮了。」

寶樹姥妖抬起頭，仰望著自己的枝葉道：「時間站在我們這邊，七天之後，就是蒲家一家於黃泉團聚的日子。」

「只可惜荷三娘被自己降下的雷電打得神魂俱滅，哪裡都不存在了。」烏金華微笑道。

寶樹姥妖挑眉道：「好一個符合慈母烈妻的下場，不是嗎？」

「的確是。」

烏金華回答，與自己的師尊相視而笑。

當寶樹姥妖與烏金華密談時，蒲松芳和聶小倩正走在人行道上，朝著住家的方向一步步前進。

聶小倩本想攔計程車，但是蒲松芳說自己被寺內的線香薰得頭暈，想走一段路再坐車，所以兩人才會在街上漫步。

霓虹燈照亮行人與車輛，街道並沒有因為日落而沉寂，反而洋溢著白日所沒有的輕鬆，因為今天是週五，是眾多人辛苦一週後才等到的假日之始。

聶小倩跟在蒲松芳的身後，穿過正在討論要上哪看電影、吃飯或唱歌的男女，她沒有被周圍人的愉快所感染，反而拉平嘴角，露出比平時更加冷硬的表情。

令她心情沉重的原因，是蒲松芳在蘭若寺中做出的承諾。

聶小倩幾乎一天二十四小時都跟在蒲松芳身邊，比任何人都清楚對方有做或沒做什麼，而據她所知，自己所服侍的主人這十天來，全都窩在屋子裡打電動、看漫畫與消化胡瓶紫的精氣，沒有花一分一秒去做正事。

而蒲松芳在頹廢了整整十日後，突然向寶樹姥妖誇下海口，說自己能在七天之內交上疑魂，食言的話就任憑烏金華處置，這叫聶小倩怎麼能不擔憂？

聶小倩一想到烏金華會怎麼處罰蒲松芳，就覺得胸口比被人扎骨頭還疼，她急著想知道蒲松芳有什麼妙計，但她不過是個聽命於人、沒有聲音的鬼奴，哪有資格追問主人的打算。

——就算妳是聽命辦事的鬼奴，妳也是我的夥伴。

聶小倩的腦中突然響起蒲松芳的話語，她停下腳步，沉默片刻後鼓起勇氣道：「松芳少爺，我能請教您一件事嗎？」

「什麼事？」蒲松芳回頭問。

「關於疑魂，您有什麼計畫？」

「沒有。」

「欸？」

「我沒有計畫。」

蒲松芳補充說明，他轉過身摸著下巴道：「不對，應該說『目前』還沒想到計畫，不過我會在走回家前想好，所以我們走慢一點吧。」

聶小倩的肩膀降下半公分，盯著蒲松芳好一會才開口道：「松芳少爺，我覺得在擬好計畫前，就做出承諾不是好習慣。」

「我也這麼覺得，但是我過去都是只決定目標，計畫丟給阿雅想，所以一不小心就……」

蒲松芳雙手合十，對聶小倩低頭道：「對不起！我會戒掉這個壞習慣，儘快想出計畫來，讓小倩妳能安心。」

聶小倩沒料到自己會收到道歉，愣了好一會才僵硬的道：「為了儘快決定下一步，是否要叫計程車返回府邸？」

「這是個好主意，但我怕我一回去就開電腦玩……」

蒲松芳一面說話一面望向左右，在馬路對面的連鎖咖啡廳上瞧見「二十四小時限定，情侶來店買一送一！」廣告看板，靈光一閃指著板子道：「小倩，我們去那邊開作戰會議吧？我聽說很多作家沒靈感的時候，都會跑去咖啡廳等待大宇宙意識的召喚。」

「大宇宙意識？」

「某種神吧，詳細我也不知道。啊！綠燈了。」

蒲松芳抓起聶小倩的手，向前跑了幾步踩著斑馬線穿越馬路，來到掛著綠色海妖標誌的連鎖咖啡廳前，推開玻璃門走進去。

他摟住聶小倩的腰，對著店員大聲說：「你好，我和我可愛的女朋友要使用情侶優惠！」之後直接點了店內最貴最大杯的咖啡，並在拿到咖啡後眼明腳快的坐到靠窗的沙發座上。

蒲松芳的動作太快，導致聶小倩直到坐上椅子才回過神意識到剛剛發生的事，她握著飲料杯繃緊身體道：「松、松芳少爺，您方才是？」

「對妳毛手毛腳。」

蒲松芳舉起摟過聶小倩腰肢的手道：「小倩的腰還是那麼細、那麼好抱，不過如果能再有肉一點就好了。」

「我不是指您的舉動，是您對店員……」

「好！接下來是喝咖啡動腦筋的時間，小倩先安靜，有什麼問題之後再說。」

蒲松芳閉上雙眼，伸展手腳靠上椅背，將思緒投向遙遠之處。

聶小倩看著小圓桌另一端睡著似的蒲松芳，臉上的微紅慢慢淡去，從羞澀慌張的少女，恢復成冰冷無情的百年鬼奴。

將近二十分鐘後，蒲松芳終於睜開眼睛，舉起雙手打出一個大大的哈欠，望向聶小倩笑道：「高興吧小倩！我想到一個成功率高，又不需要費多少力氣的計畫。」

「什麼計畫？」

「過來這邊，我小聲告訴妳。」蒲松芳招招手。

聶小倩起身來到桌子另一側，而她一站到蒲松芳身邊，就立刻被拉到身邊。

蒲松芳右手拿著手機手攬住聶小倩的肩膀，左手伸出食指壓在嘴脣上，掛著微笑按下拍攝按鍵。

聶小倩嚇了一跳，盯著手機直到蒲松芳鬆手，才轉頭困惑的注視主人。

「計畫的第一步。」

蒲松芳晃晃手機，將自拍照傳給第三者，愉快的揚起嘴角低語：「七天……不，是六天之後，我們的心願就能達成一半了。」

第四章 甜蜜自拍照的秘密

淡金色的陽光穿過透明玻璃，照亮位於荷洞院十五樓西南側的遊戲室。

占地二十坪的遊戲室有兩面牆是裝設落地窗，白天時能讓室內採光良好，夜晚則可欣賞閃閃爍爍的街景；撞球檯、轉輪盤、小吧檯、收藏眾多桌上遊戲的櫃子整齊排列於室內，紅色牆壁上掛著飛鏢把與幾幅現代主義的畫作，角落的投幣式點歌機外表復古，但是新歌舊歌一應俱全。

蒲松雅與胡媚兒坐在遊戲室角落的方桌前，前者蹺著腳和金騎士玩遊戲，後者則是雙手交握緊緊盯著桌面上的大棋盤。

木製棋盤上擺放著糕點製作成的象棋，其中屬於蒲松雅的紅棋大多還健在，但由胡媚兒控制的黑棋卻幾乎全進了蒲松雅那側的瓷盤。

「金騎士注意……嘿！」

蒲松雅揚起左手將球丟到房間另一端，這是他扔出的第十七顆球，而金騎士奔跑的步伐沒有一絲疲倦，很快就將球撿回來送到主人手邊。

蒲松雅輕拍愛犬的頭，接下球但沒有扔出，而是轉了轉發痠的手臂，將目光放回對面的狐仙，靜默幾秒後呼喚：「胡媚兒。」

「什麼事？松雅先生。」胡媚兒回應，但雙眼仍鎖在棋盤上。

「不管妳多用力的瞪棋盤……」

蒲松雅指著木盤上緊緊相依的「兵」與「將」，一臉不耐煩的道：「妳的『將』都已經沒地方逃了，妳就乖乖認輸，讓我把『將』拿走。」

「我的『將』還有別的出路，只是、只是……目前還沒有想出來！沒錯，再給我五分……哇啊啊！松雅先生住手啊！」

胡媚兒看著蒲松雅伸出右手將自己的「將」拿走，嗚咽一聲趴上棋盤道：「太過分了，那可是我花了整整一個月才買到的網路團購美食，李寶夏師傅的象棋糕啊！松雅先生竟然打算一個人吃掉兩條！」

蒲松雅垮下肩膀，又好氣又好笑的道：「這能怪我嗎？明明是妳自己提議，要用下棋的方式決定誰吃幾塊，又不是我主動要求。」

「但是你主動把我的棋子殺光光，象棋殺手、冷血分子、食物掠奪者！」胡媚兒爬起來指著蒲松雅的鼻子大喊，雙手握拳敲打桌子道：「重比一次！這次不要比明棋，改比暗棋，贏的人可以吃掉所有象棋糕，還有今天午餐的牛排！」

「不要。」蒲松雅果斷拒絕。

「為什麼？松雅先生你的食量又沒有大到能吃掉三十二塊象棋糕和兩份二十盎司的牛排。」胡媚兒嘟嘴問。

「我寧願被象棋糕和牛排塞死，也不要和妳下暗棋！那太侮辱人了，完全不是靠實力決勝負，是以運氣輾壓人。」

「運氣也是實力的一種啊！只有上輩子有好好燒香做善事，這輩子也努力累積功德的人，才能有好運氣！」

「妳那種程度的運氣，完全不是燒香做功德就能取得，那根本是超能力或外掛等級。」蒲松雅鐵青著臉強調，他拿起盤子中的糕餅象棋，當著胡媚兒的面輕捏兩下道：「再說妳看這糕的軟硬度，如果拿來下暗棋，在洗棋的階段它們就統統成象棋粉了。」

胡媚兒縮起肩膀，盯著蒲松雅幾秒後仰頭大叫：「我不管我不管我不管！我也想吃象棋糕，芝麻口味和紅棗口味的我都想吃啦！」

蒲松雅支著頭看胡媚兒哭喊，嘆一口氣把手中的「將」字糕塞進對方的嘴中。

胡媚兒瞬間停止大叫，嘴巴咀嚼著糕餅，眼睛則對蒲松雅投以驚愕的注目。

「我不像妳，我對食物沒那麼大的興趣。」

蒲松雅將堆滿車、炮、馬、卒……等等糕餅的盤子推向胡媚兒道：「妳想吃就拿去，兩種口味各留一塊讓我嚐味道就行了。」

胡媚兒嚥下芝麻口味的「將」，盯著轉了一圈又回到自己手中的糕餅道：「還是一人一半好了。」

「一人一半對我來說太多了，再半個多小時就要吃午餐，我可不想帶著裝滿車馬將相的肚子切牛排。」蒲松雅邊說邊拾起地上的球，打算繼續扔球遊戲。

「但這是為松雅先生買的啊！如果統統都是我吃，就沒辦法達成讓你打起精神的作用了。」胡媚兒低語，陷入食欲與最初目標的掙扎中。

蒲松雅微微收緊握球的手，停頓數秒才將球拋出去道：「感謝妳的好意，不過我這兩個多禮拜吃飽喝足天天睡到自然醒，精神好得要命不說，還胖了三公斤，再打氣下去我就要成胖子了。」

「不是、不是，我所謂的打氣不是指松雅先生的肉體或體力，是……」

胡媚兒仰頭想了一會，雙手一拍道：「是情緒、心情、捏臉頰和敲頭的力道！沒錯，松雅先生最近打我和罵我的狠度跟痛度都下降了。」

「……妳是被虐狂嗎？」

「當然不是，我只是用松雅先生的暴行做舉例說明。而且除此之外，你最近常常恍神或是心不在焉，摸小花、小黑和小金的時候也摸得不夠專心。」

「汪！」金騎士放下球吠一聲，附和狐仙提出的控訴。

蒲松雅看了愛犬一眼，撿起球使力扔出，看著金騎士甩尾追向小球，再次責備起自己的失態。

胡媚兒沒有說錯，蒲松雅這陣子的確精神不佳。

令蒲松雅消沉的是父親的參冊，參冊內容一直在他的腦中迴盪，父母相遇、相戀乃至相結合的過程令人心暖，但一想到最後的結局，他整個人就心痛不已。

如果他當時更敏銳一點，是不是就能救回父親？假如他表現得再成熟一些，母親是不是就會向自己坦承狐仙與天劫之事？倘若他能更聰明幾分，寶樹姥妖是不是就沒機會對自己家下手？

蒲松雅知道，這些問題全都沒有意義，他不可能改變已經發生的事，但是這點認知絲毫

無法阻止他去想、去渴望、去祈求自己有能力扭轉過去的悲劇，就算這種想法只會讓心情越來越低落，覺得自己根本是個廢物一樣。

這種情緒讓一向獨立、不親近人的蒲松雅，罕見的渴望能有個人陪伴，拉著自己去做各種有趣或愚蠢的事，好將注意力從柏油路上父親乾涸的血跡中，拉回溫暖明亮的現實裡。

蒲松雅不好意思去向周圍人提出這種要求，他已經給這些人帶來夠多麻煩，不該在眾人忙著對付寶樹姥妖時，再拿情緒問題來煩人，所以他小心的藏起憂鬱，要求自己照常吃飯睡覺陪毛小孩玩。

他沒有自大到認為自己能瞞過所有人，最起碼荷二郎是絕對騙不過，阿菊也很有可能看穿他的演技，然而這兩人不知是基於體貼還是真的被他騙過，都沒有做出什麼反應。

對此做出應對的反而是胡媚兒。

蒲松雅沒告訴狐仙自己讀過父親參冊的事，不過狐仙似乎直覺認為朋友出了什麼不好的事，一結束外景攝影就趕回荷洞院，接下來幾天除了推不掉的工作外，都待在對方身邊。

這讓蒲松雅又喜又憂，喜的是他不用一個人面對盤旋不去的惡夢，憂的是他怕讓胡媚兒發現自己的軟弱，以及這幾天極力隱瞞的事。

蒲松雅放在口袋裡的手機忽然震動兩下，他瞬間從思緒中驚醒，帶著狂跳的心臟站起來道：「我去一下洗手間。」

「又要去？十分鐘前不是才去過一次？」

「十分鐘是前是洗臉，現在是洗手。」蒲松雅揮揮手走向門口道：「象棋全歸妳了，不留給我也可以。」

「欸！萬歲，太好……啊不對、不對，松雅先生你別這麼說，這樣我真的會忍不住全部吃掉……」

蒲松雅關上遊戲室的門，將處於天人交戰中的狐仙留在室內，自己則拐過走廊踏進廁所。

他關上廁所的黑門，壓下門上的喇叭鎖，這才拿出手機緊張的解鎖。

手機螢幕上浮著通訊軟體的新訊息通知，蒲松雅緊繃著臉按下通知，螢幕閃動一下，映出蒲松芳和聶小倩的容顏。

蒲松雅高懸半日的心總算放下，他後退半步靠上牆壁，低下頭長長吐一口氣。

這六天來，他每天都會收到一張蒲松芳與聶小倩的自拍照。

第一天是兩人在咖啡廳比出安靜的手勢；第二天是在「注意落石」的交通號誌邊吃霜淇

淋；第三天換到火車平交道旁，兩個人雙雙將手放在耳邊做傾聽狀；第四天是蒲松芳靠在百貨公司的七夕情人節看板邊，聶小倩則捧著「負六」的字卡；第五天則是在車站大廳的電子鐘下，鐘上的顯示時間是晚上七點。

這五張照片寄來的時刻不一定，晚上、凌晨、中午全都有；前一張與後一張的間隔也不一致，有時隔了二十三小時，有時卻只隔兩個小時。

如此亂七八糟的寄送時間讓蒲松雅確信，這是自己的弟弟親手寄來的，但是也讓他頭痛與恐懼。

頭痛的原因是由於寄送時間不確定，所以他得隨身攜帶手機不說，而且只要一接到訊息通知，就得找藉口躲開旁人收信；而恐懼的理由則是，他不知道自己收到的相片，會不會是最後一張相片。

蒲松雅的懼怕暫時解除，他在相隔七小時後收到第六張照片，照片中的蒲松芳與聶小倩坐在昏暗的小包廂中，一左一右夾住液晶電視，蒲松方指著螢幕中陰森古寺的匾額，聶小倩則捧著一本今日週刊。

「蘭若寺。」

蒲松雅唸出匾額上的字，愣了一會後打開手機中的瀏覽器，鍵入這三個字後，很快就找出位於臺北的同名寺院。

蒲松雅握手機的手收緊，盯著蘭若寺的地址許久，動手進入電子地圖，將細如牙籤的街道拉大。他全副心思都放在地圖與照片上，沒注意到有人在外頭敲門，直到門板碰一聲彈開，才嚇一大跳將手機塞到口袋中。

撞開門的人是胡媚兒，她抓著搖搖欲墜的門板，在瞧見蒲松雅後安心的道：「松雅先生！太好了，你看起來沒事。」

「……」

「因為你一直沒回遊戲室，敲門也沒反應，我怕你跌倒撞在……痛痛痛痛！」

蒲松雅掐住胡媚兒的臉頰，使勁的朝左右拉開道：「妳這隻笨狐狸！萬一我還坐在馬桶上，或是正巧站在門板附近怎麼辦？衝動行事前先想想後果啊！」

「偶偶、嗚輝夫則（我我、我會負責）。」

「負責妳個頭啦！」

蒲松雅鬆手跨出廁所，走了幾步沒瞧見胡媚兒跟上，回過身才發現狐仙仍站在廁所門口，

皺眉不耐煩的道：「怎麼了？妳想上廁所就進去，就算門鎖被妳砸壞了，我也不會趁機偷襲妳。」

「我沒有要上廁所。」

胡媚兒沉默幾秒，指著廁所問：「松雅先生，當我進廁所的時候，你的手上是不是拿著什麼？」

蒲松雅的心跳漏跳一拍，但他迅速壓下驚嚇，板起臉不悅道：「有啊，我手上拿著被妳嚇到掉出來的心臟。」

胡媚兒先臉色刷白，在猛然意識到蒲松雅跟自己說瘋話後，立刻由驚恐轉為惱怒，跑到對方面前高舉雙手道：「認真回答我！我明明記得我進門時，你手上拿著白白的東西，為什麼一眨眼那東西就不見了。」

「因為那是妳的幻覺。」蒲松雅回答，轉身朝餐廳走去。

胡媚兒追在他背後，繼續糾結著蒲松雅手上的物品，不過當她聞到牛排與烤馬鈴薯的香味，肚子裡的疑惑瞬間轉成飢餓，嚎嗚一聲撲向餐桌。

蒲松雅卸下心中大石，他走到桌邊坐下，一面動刀叉切肉，一面有一搭沒一搭的回應胡

媚兒「喔喔超好吃」、「牛肉果然就是要大塊」、「松雅先生吃不完的話不用客氣，統統給我吃」的話語。

溫熱美味的餐點、胡媚兒雀躍的笑容，和吵吵鬧鬧的對話舒緩了蒲松雅的緊繃情緒，他暫時拋開手機中的相片、腦中無解的問題，放縱自己去享受多汁的肉排，直到某人的聲音驟然闖入。

「哇，吃得真好啊！」

宋燾公踏入餐廳，他動了動鼻子，看向廚房內的虎斑、阿菊問：「我能厚臉皮的要求加副刀叉嗎？小正還沒吃午餐。」

「當然能，招待城隍大人是我們的榮幸。」阿菊微笑回答，虎斑則是默默將平底鍋放上瓦斯爐。

胡媚兒抹去嘴上的油光，站起來替宋燾公拉椅子問：「燾公大人，您今天怎麼會過來？有事？」

「算是吧，我來找荷二郎那隻老狐狸談事情，結果他人不在，所以就上來看你們。」

宋燾公邊回答邊入坐，和桌子另一端的蒲松雅四目相交，頓了一會笑道：「放輕鬆，我

不是來問你的決定，我給你考慮的時間是七天，不是六天。」

蒲松雅鬆一口氣，他低下頭又起盤子上的紅蘿蔔送入口中，藉由咀嚼掩飾心中的不安。

胡媚兒沒發現蒲松雅的情緒變化，坐回自己的位子上問：「熹公大人，關於寶樹姥妖躲在哪，你們有進展了嗎？」

「已經鎖定目標，但還沒掌握確切位置。」

宋熹公從阿菊手中接下熱咖啡，啜飲一口漆黑液體道：「我們這邊的搜查方向目前有兩個，一個是採取傳統城隍府的方式，派出鬼差進行地毯式搜索，但鬼差是以氣辨人，而寶樹姥妖一定會利用兩界走『氣同仿』的能力藏住氣息，所以鬼差至今仍沒抓住她的尾巴。」

「你們沒有寶樹姥妖的畫像或照片之類的資料嗎？」蒲松雅問。

「有是有，但是妖怪們擅長幻化形體，雖然真身都是一個樣，但沒有哪隻妖怪會用真身在外行走，照片、畫像的功用不大。」

宋熹公放下咖啡繼續道：「不過我們還有別的辦法。你弟弟在病房中提過，他和寶樹姥妖在收集具備五毒的魂魄，所以我找人清查已死但尚未下黃泉報到的人，剔除確定仍在人間逗留或壽終正寢的對象後列出名單，交叉比對這些人生前接觸過的人，鎖定了一個極有可能與寶樹姥妖有關的人間組織。」

「什麼組織？」胡媚兒探頭問。

「寶樹基金會。」宋焘公微微往後靠，避開阿菊送牛排的手道：「我們目前找出的四名疑似受害者，都直接或間接接受此基金會的訓練、捐助或人力仲介，而且他們在失蹤前一個月，也有與基金會人士接觸的紀錄。」宋焘公答道。

胡媚兒拿著叉子道：「四人？扣除龍潭先生後，還有誰？」

「賈道識、翁藪和蘭溪生。」

宋焘公在蒲松雅與胡媚兒臉上瞧見震驚，乾笑一聲道：「沒錯，目前四名疑似受害者中，有三人曾經和你們接觸過，不過我想這只是偶然，你們不用想太多。」

蒲松雅皺眉問：「寶樹姥妖奪取這些人的魂魄做什麼？煉丹還是當食物？」

「根據我府上術法司的同仁推測，她應該是拿這些魂魄修『五毒癒邪大法』。」宋焘公拿起刀子切割牛排道：「這個法術是針對需要元陽療傷，但卻虛弱到無法消化陽氣的妖怪，作法和規矩也相當多，但功成圓滿後修為會更上一層樓。」

「更上一層樓！」

胡媚兒驚叫，握緊壓在烤馬鈴薯上的刀子道：「那不就完蛋了嗎！寶樹姥妖原本就是兩千多年的大妖怪，就算是二郎大人也不見得打得過，要是變得更厲害還得了！」

「所以我們得在那棵老樹妖完成邪法前幹掉她。」宋熹公舉起牛排刀在脖子前比劃一下，繼續道：「五毒癒邪大法雖然能增進功力，但是在完成法術前，修法者只能發揮平時六成最多七成的功力，如果能利用這點，也許光靠城隍府就能拿下寶樹姥妖。」

「那就好……」胡媚兒安心的垂下肩膀。

「不過為防萬一，屆時我會拉荷二郎一起過去，那傢伙也是有官職的人，怎麼能讓他在我揮汗流血的時候蹺腳喝茶。」

宋熹公露出令人發毛的冷笑，他又起牛排送入口中，咀嚼兩下後忽然拋出問題：「對了，松雅，你弟弟有聯絡你嗎？」

蒲松雅差點被嘴裡的蔬菜噎到，勉勉強強嚥下食物問：「沒有。為什麼這麼問？」

「因為你弟弟似乎很重視你，所以我想他可能會試圖傳訊息給你。」

宋熹公挑起單眉，直直盯著蒲松雅問：「他真的沒和你接觸？」

「沒有。」

蒲松雅掐著叉子回答，他為了取信宋燾公，望向廚房道：「我二十四小時都被阿菊和虎斑看著，如果阿芳有來找我，他們會立刻通報你和老闆。」

阿菊微笑道：「沒有到二十四小時，至少松雅少爺進廁所時，我和虎斑都在外面等著。」

「然後如果松雅先生在廁所待超過三分鐘，我就會去敲門問他需不需要幫忙。」胡媚兒舉著牛排刀道。

「然後順便撞破廁所的門。」蒲松雅冷著臉補充。

「小媚妳真的很愛松雅啊！」

宋燾公這句話讓蒲松雅真的被噎到，城隍只好起身繞過桌子拍一下對方的背，這時身體忽然靜止一秒，他收起輕鬆的表情道：「我得先回城隍府了，我家的文判官找我。小正會留在這裡，他吵著要和小媚說話。」

「慢走。」蒲松雅點頭道。

「燾公大人再見！」胡媚兒揮手高喊。

「我明天會再過來一趟。」

宋燾公後退半步，他看了蒲松雅一眼，語重心長的道：「松雅，我不是要懷疑你弟，或

是想離間你們兄弟的感情，可是他待在寶樹姥妖身邊，而寶樹姥妖非常擅長操縱人心，如果他找上你，你一定要告訴我。」

「我會的。」蒲松雅回應。

宋燾公微微張口，但最後還是什麼也沒說，便將身體交還給弟弟。

▼※▲▼※▲▼※▲▼※▲

拜臨時加入的宋氏兄弟之賜，蒲松雅這頓午餐吃得比平常久上一個多小時，席間還三度重溫了城隍爺之弟「動嘴一個字，打字萬言書」的可怕屬性。

而在宋燾正離開後，蒲松雅返回房間準備睡午覺，胡媚兒也跟著他進房，但她是以狐狸的姿態追著金騎士跑進房間。

蒲松雅將手機的鬧鐘設定在五點半，拉上窗簾爬上床鋪，在狐狸、狗和貓的翻滾喵嗚聲中闔上眼睛。他睡得很不安穩，做了兩個幽暗混亂的夢，無預警驚醒三次，直到花夫人鑽進被窩靠著主人的身體打呼嚕，他才迷迷糊糊進入深眠。

只是深眠歸深眠，蒲松雅的生理時鐘還是讓他在五點二十八分甦醒，睜著眼看手機螢幕亮起，伸手掐斷即將響起的鬧鐘，掀開棉被抹著臉坐起來。

房間比入睡前暗了不少，白窗簾面對午後的烈陽稍顯不足，但對付夕陽綽綽有餘，低垂的白布將陽光封鎖在外，令室內暗得看不清輪廓。蒲松雅抓著手機下床，腳一落地就碰到毛毛的東西，低頭用手機一照才發現是胡媚兒，她和金騎士一起窩在床邊，黃金獵犬側睡，棕狐狸則仰躺露出軟綿綿的毛肚子。

蒲松雅凝視胡媚兒毛茸茸、萬分自在的睡臉，嘴角先上揚再拉平，跨過狐狸拉開窗簾，讓陽光打上對方的臉。

胡媚兒微微顫動一下，但沒有醒來，而是翻個身避開光線繼續睡。

蒲松雅不知該笑還是該生氣，他回到床鋪邊蹲下，伸手搖搖狐仙道：「胡媚兒？胡媚兒！嘿，醒醒啊！」

「嗚嚕……」

「別嗚了，我有事要拜託妳，快點醒來。」

蒲松雅加重搖晃的力道，費了一番功夫才把胡媚兒搖醒，以手機亮出一面大嘴鳥的招牌

問：「妳知道這家店嗎？『雙雙漢堡』，在南部很有名的臺式速食店。」

「噱？」

「說人話。」

「知道，之前去高雄外拍時吃過幾次。」胡媚兒答完，張嘴打了個大哈欠問：「雙雙怎麼了嗎？」

「它到臺北開分店了，我想買來吃看看，但是老闆肯定不會放我出去，妳能幫我買回來嗎？」

「松雅先生不能出門的話，打電話叫外送就好了啊。」

「臺北的分店沒有外送服務。」

蒲松雅伸手打開床邊的矮櫃，翻出筆記本和筆寫上餐點的名稱、數量和店家的簡易地圖，放到胡媚兒的前腿上道：「買回來後我再給妳錢，如果找不到雙雙就攔路人問，別打電話問我，我沒去過不知道怎麼走。」

胡媚兒叼起筆記本，甩著尾巴到浴室恢復人身、套上衣褲，揉著眼睛走出房間。

蒲松雅目送胡媚兒離開，他走到房門口關門上鎖，再打開房間內的音響，以最快的速度換上外出服，走到放置緩降梯固定架的窗口前。

他並不是真的想吃雙雙漢堡——雙雙漢堡也沒有臺北分店。他只是找理由支開胡媚兒，好偷偷溜出荷洞院。

蒲松雅之所以這麼做，是因為蒲松芳傳來的照片。

那六張照片不是單純的自拍照或報平安，而是在向蒲松雅傳達一條訊息：安靜、注意的聽我說，今天晚上七點，到蘭若寺來。

蒲松雅在透過搜尋得知蘭若寺是真實存在的寺院後，瞬間讀懂弟弟的意思，並且決定對宋燾公保持沉默。

蒲松芳不知道蒲松芳為什麼要自己「安靜」，但是他清楚弟弟平時雖然隨興而為，可是在重要的事情上卻一點也不馬虎，會這麼要求絕對有原因。

蒲松雅打開窗戶，冷風立刻灌進房間內，他撥開遮住眼睛的頭髮，將折起的固定架恢復原狀，取下掛在牆上的工具箱，把掛勾、輪盤和安全索套拿出，依照說明書裝上固定架平身的吊臂上。

金騎士在蒲松雅掛掛勾時，叼著球走過來坐下，見主人沒注意到自己，於是抬起前腳撥撥對方的褲管。

「金騎士乖，今天已經丟過球球了。」

蒲松雅空出一隻手摸摸愛犬，同時把捲有繩索的輪盤拋出窗戶，看著輪盤一路落到地面，才將安全索套套到腰上，調整好鬆緊後踏上窗框。

「汪！汪汪汪！」

「喵嗚？」

「噓，安靜。」

蒲松雅壓低聲音道，在貓狗困惑的目光中跳出窗戶，一隻手抓緊安全索套，一隻手一下一下輕推大樓的牆壁與玻璃，以免自己在下降過程中一頭撞上去。

他距離地面有四十多公尺，這段距離用跑的很快，可是用垂降的就叫人心臟高懸、手腳發軟，蒲松雅握緊繩索盡量不看腳下，在心中祈禱雙腳能快點踩到陸地。

可惜，蒲松雅的祈禱沒有獲得回應，因為當他經過八樓時，該樓的窗戶忽然打開，伸出兩隻手抓住他的手臂與腰桿。

「欸！什……」蒲松雅本能的想推開雙手。

「請不要掙扎，會掉下去的。」

阿菊加重抓人的力道，和虎斑一左一右將蒲松雅迅速的拖進八樓，伸手脫去對方腋下的安全索套。

蒲松雅在阿菊與虎斑脫索套時掙脫對方的手，他本想趁機逃走，結果一轉頭就看見荷二郎與眾多動物精怪一字排開，將周圍包得嚴嚴密密。

「小松雅……」

荷二郎走向蒲松雅，露出苦澀的微笑道：「緩降梯是讓你火災時用來逃命，不是平時拿來逃跑的啊！」

「我總不能用電影中綁床單從窗子垂掛下去的方式逃走吧？」蒲松雅後退半步，表面上看起來鎮定，可是心裡卻在打鼓。

看周圍人的陣仗，荷二郎八成早就知道自己會在這個時間、此種方法溜出去，但他不懂的是為什麼？他沒有向任何人提過照片的事，這幾天也從沒讓手機離開視線，其他人是怎麼發現的？

「請你千萬別用那種方式。」

荷二郎半是玩笑半是警告的回應，他拉起蒲松雅的手，在瞧見上面的輕微擦傷後皺眉，要阿菊將醫藥箱拿過來。

蒲松雅自暴自棄的讓阿菊擦藥，瞪著仍處於戒備狀態的人牆問：「你怎麼發現的？」

「發現的人是我。」

宋燾公穿過人牆，拿起自己的手機亮出蒲松芳和聶小倩在包廂中的合照道：「小正在你的手機中裝了間諜程式，會即時傳送你的簡訊、撥接號碼和通訊軟體內容給我。」

「你拿我當餌？」蒲松雅的話聲微微飆高。

「不，這只是預防措施，小正是擔心你會被寶樹姥妖騙出去才裝的。」

宋燾公將目光放到虎斑手中的安全索套上，搖頭道：「而你也真的被拐出去了。我和二郎判斷，你可能會離開荷洞院，而聰明如你不會走電梯或逃生梯，最有可能利用的是緩降梯，所以我們才早早在這裡等著。」

蒲松雅沉默片刻，直直看著宋燾公道：「我不是被姥妖拐出去，我是要去找我弟。」

「你當然是，但誰也無法保證，你弟是不是在寶樹姥妖的授意下約你。」

「阿芳才不會幫妖怪害我！」蒲松雅反駁。

「姥妖只缺『疑魂』，就能完成邪法的修煉。」

宋熹公沉下臉嚴肅的道：「『疑』是指懷疑、多疑、不易信任他人，你不覺得這是你的人格特質之一嗎？我能理解你隱瞞我收到相片的事，但是居然連二郎和小媚都瞞，你連他們都信不過嗎？」

「……胡媚兒是大嘴巴。」

「但也是會為了朋友拚命的人。」

宋熹公單手扠腰道：「你乖乖留在荷洞院，我和荷二郎會代替你去蘭若寺，如果在寺內的是你弟，我們會把他帶回來；假如等在那裡的是寶樹姥妖，那我們直接把她就地正法。」

「阿芳找的人是我，不是你們！他需要我，他……」

「關於他和我們的約會，你沒有插手的餘地。」

宋熹公打斷蒲松雅，以弟弟的臉擺出過去讓無數毒販、黑幫懼怕的冰冷表情道：「我不是有耐性，更不是溫柔的人，你繼續胡鬧下去，我就把你拖回城隍府關起來，府裡的居留室可沒有這邊那麼舒服。」

「……」

「別想溜出荷洞院，這裡有九尾天狐設置的八方天地鎖，還有一群極為擅長讀氣的僕人，你一出自己的房間，他們就會立刻發現並且鎖定你的位置。」

宋燾公拍了蒲松雅的肩膀一下，轉身走出人牆的包圍範圍。

蒲松雅瞪著宋燾公的背影，左右手緊緊握拳，在阿菊與虎斑伸手時大力甩開兩者，跨大步自己走向電梯。

▼※▲▼※▲▼※▲▼※▲

蒲松雅一回到房間，就發狂的將所有物品掃到地上再摔到牆上，將漂亮如樣品屋的空間，砸成被一整隊強盜掀翻的凌亂之所。

而阿菊與虎斑不知道是害怕被波及，或是單純想讓蒲松雅好好發洩，一反過去稍有動靜就會進房查看的習慣，不管房內的吼聲、碰撞聲有多大，都沒有開門或敲門關心。

蒲松雅一直丟到、吼到直到手腳無力聲音沙啞，才跌坐在自己製造的混亂中，抱著膝蓋咬牙打顫。

他對自己的無力與天真感到憤怒，更對弟弟可能遭遇的危險感到恐懼。

儘管沒有任何直接或間接的證據可佐證，但蒲松雅的本能、直覺和作為雙胞胎的第六感統統告訴他，自己要是放弟弟鴿子，將會導致非常糟糕的結果，所以他無論如何都得想辦法赴約。

然而此時此刻，他卻被反鎖在房間，關在一棟有上百名精怪看守的大樓中，就算能及時逃出荷洞院，也無法在七點前趕到蘭若寺。

他怎麼會這麼沒用，一次又一次辜負兄弟的期待……

「阿芳，對不起……」

蒲松雅縮起肩膀與腳，淚水從他的眼角滑出，沾濕臉頰後落到地上。

蒲家的貓狗聽見抽泣聲，從床底下爬出來、櫃子上跳下來，來到蒲松雅身邊用頭或身體磨蹭主人。

蒲松雅嚇了一跳，抬起頭對上寵物們圓圓的眼珠，伸手撫摸貓狗道：「抱歉，剛剛一定嚇到你們了吧？」

金騎士將前腳搭上蒲松雅的肩膀，黑勇者和花夫人則一隻鑽到他的大腿與身體之間，一

隻主動用頭摩擦掌心。

「情緒一上來就忘記房裡還有你們，我真是失職的飼主……有被砸傷嗎？讓我看看。」

蒲松雅抱起黑勇者與花夫人左右檢查，再伸手翻看金騎士的毛皮。這個動作讓大狗誤以為主人在跟自己玩，立刻壓低前腳翹起屁股猛搖尾巴。

這個舉動逗笑了蒲松雅，他挪開貓兒抱住金騎士，和大狗在躺著衛生紙和浴巾的地板上打摔跤，從房中央滾到床腳邊，最後攤平在地上喘氣。

金騎士舔舔蒲松雅的臉，和花夫人、黑勇者一起坐在主人身邊，黑眼中閃著信賴與期待的情緒。

——**還不到放棄的時候**。

心中突然浮現這句話，充斥於血管神經中的無力與悔恨一掃而空，蒲松雅翻身坐起來，在腦中羅列自己的目標、妨礙目標的障礙，與手邊能動用的工具。

他的目標是離開荷洞院前往蘭若寺；妨礙者是包圍荷洞院的法術、院內的精怪和遭反鎖的門窗；而自己能拿來當武器或開鎖的工具……一樣也沒有。

但是即使沒有工具，蒲松雅卻有特殊的能力——兩界走。

蒲松雅回想宋燾公對自己命格的描述，回憶、深思十多分鐘後睜開雙眼，站起來朝浴室走去。

他踏入浴室，脫去鞋襪與衣褲，只穿著內褲跪下來，將雙手貼上青色的磁磚地，閉上眼睛去感受周圍。

冷硬的磁磚與微微下凹的磚縫、天花板上抽風機的運作聲、旋繞而上的空氣和薰衣草沐浴乳的香氣……蒲松雅動用全身的神經、皮膚與感官，貪婪的吸取浴室內的溫度、聲音與氣味。

蒲松雅在試著讀取浴室的「氣」。他沒受過這方面的訓練，所以只能採用最原始的方式，放空腦袋去感受室內的一切。

在捕捉到所有能捕捉的訊息後，蒲松雅仰頭深呼吸，想像自己將浴室的「氣」吸進體內，再把屬於自己的氣吐入浴室。他想做到宋燾公提過的「氣同仿」，讓自己的氣與浴室的氣同化，進而讓外頭的精怪無法以氣追人。

蒲松雅不清楚自己有沒有成功，但是他在七、八次吸吐氣後，感覺身體漸漸變得沉重，而且一張眼就瞧見自家毛小孩一臉戒備的注視自己。

「別怕，是我。」

蒲松雅輕喚，寵物們瞬間解除警戒，跑進浴室對主人嗅個不停。

蒲松雅起身穿上衣服，扭開水龍頭以水拍拍臉，振作精神進行下一個工作——創造不會被察覺的門。

他低頭凝視磁磚地，在地上描繪一扇灰色的小門，該門的門框上裝有消音與緩衝的海綿墊，長寬加起來不超過一公尺，只夠一個人出入。

以往蒲松雅總是在想像完成後就看到門，可是這次他凝視地板將近五分鐘，磁磚仍是磁磚，青色並沒有轉為灰色。

——還不到放棄的時候。

蒲松雅告訴自己。他不只想像門的外型，還開始模擬握住門時的觸感、打開門時的細微摩擦聲。

——開門、開門、開門、開門、給我開門！

蒲松雅於心中吶喊，疲軟感忽然竄上背脊，他緊急抓住洗手檯穩住身體，可惜仍止不住墜落之勢，膝蓋重重撞上了灰鐵門。

灰鐵門？

蒲松雅低頭往下看，一秒前還是撲滿菱形磁磚的地方，現在已被正方形的鐵門所取代。

「成功了……」

蒲松雅將額頭叩上門板，闔著眼休息片刻後，握住光滑的門把拉開鐵門。

鐵門正對十四樓的男廁所，蒲松雅探出頭掃視左右，確認廁所內外、四個隔間內都沒有人後，才小心翼翼的踏著水箱下到樓下。

他擔心精怪們會發現自己離開房間，所以蹲在馬桶蓋上，打算待個五、六分鐘再出去。

蒲松雅細聽隔間外的動靜，結果外頭沒傳來聲音，反倒是他頭頂落下喵聲。

「喵——」

「姆！」

花夫人和黑勇者一前一後跳出灰鐵門，前者優雅的落到水箱上，後者則是攀在蒲松雅的肩膀上，把主人嚇一大跳。

「你們！這不是能跟……」

蒲松雅忽然被黑影籠罩，他本能的抬頭，瞧見金騎士也擠過鐵門，搖著尾巴落到自己頭

上。他緊急推開黑勇者抱住金騎士，然而在重力加速度的影響之下，蒲松雅雖然有接住大狗，人卻跌下馬桶蓋，一屁股坐在地上。

「痛、痛啊……」

蒲松雅大口大口吸氣，渾身發麻了好一會才站起來，瞪著黑勇者和金騎士打算開罵。等一下，只有黑勇者和金騎士？蒲松雅瞪著前方的一貓一狗，轉身甩開隔間的門，目睹花夫人踏出廁所的剎那。

蒲松雅差點出聲喊花夫人，好在他及時想起自己是偷溜出來的，緊急咬住嘴，用氣音呼喚：「夫人！夫人回來！」

花夫人回頭看蒲松雅一眼，沒有返回廁所，反而繼續往前走。

蒲松雅垮下肩膀正感到頭痛時，他瞧見花夫人折回廁所門口，在牆上磨了兩下後坐下。這是花夫人要主人過來時的習慣動作，蒲松雅愣了一會走到門口，彎下腰剛想抱起愛貓，貓兒就扭頭往右跑。

蒲松雅只能跟上，他追著花夫人跑過兩扇門、拐過一個彎，正要踏入擺放沙發與盆栽的休息區時，金騎士忽然咬住他的衣襬。

蒲松雅的腳步因此停頓，同時他也聽見交談聲從休息區的另一端飄來，趕緊轉身躲到牆壁後。

「人在浴室……」

「……大概累了吧。」

片段、零散的話語敲打蒲松雅的耳膜，他憋住呼吸期盼說話者快點走遠，等到話聲完全散去，他才探出頭往休息區看。

休息區內空無一人，只有花夫人一隻貓站在另一側的出口，重複磨牆、坐下、看主人三個動作。

蒲松雅看看花夫人，再轉頭瞧瞧咬住自己的金騎士、四處遊蕩與嗅聞的黑勇者，猛然明瞭寵物們在做什麼。

牠們在幫主人探路！

貓狗的聽覺與嗅覺都比人類好，體型上也遠低於其他人的視線範圍，是當偵查兵的絕佳角色。

蒲松雅的鼻子一陣微酸，他深吸一口氣忍下落淚的衝動，脫下鞋子快走到花夫人身邊，

看著花夫人與黑勇者奔向走廊盡頭，探查一番後回來又磨牆角。

一人一狗二貓以貓咪探路、人類等待後跟上、大狗墊底戒備的方式，緩慢的朝安全梯前進，途中雖然有其他人靠近，但靠著貓狗的預警與繞路，都驚險的避過了。

終於，蒲松雅看見安全梯的白鐵門，耐著性子等在門邊講電話的兔子妖離開後往前衝，拉開沉重的門踏上階梯。他深怕會被人中途攔下，所以不要命的一路往下奔，靠著腎上腺素從十四樓下到一樓，中間只有在八樓與四樓因為聽到人聲停下來，但聲音一消失就繼續拔足狂奔。

只是儘管有腎上腺素的幫忙，蒲松雅仍在一樓與二樓之間的平臺驟然抽筋，要不是他緊急抓住扶手，外加金騎士正巧擋在前方充當緩衝，肯定會直接面部著地摔個狗吃屎。

「嗚、啊啊……」

蒲松雅跪坐在階梯上，咬牙慢慢將抽筋的腳伸直，按壓緊縮劇痛的小腿肚，坐了足足十五分鐘才靠著扶手站起來。

不過，這十五分鐘也讓脫隊的花夫人、黑勇者到達一樓，牠們在主人的腳邊轉兩圈，再輕盈的跑向安全門。

蒲松雅一拐一拐的追上寵物，他靠著厚重的防火安全門蹲下，將門拉開一條縫，以單眼向外窺視。

門縫之外是寶藍色的大廳，廳內沒有人走動，但是登記訪客的櫃檯卻正對安全門，只要蒲松雅一出逃生梯就會被櫃檯內的兩名女接待員發現。

「不妙……」

蒲松雅以氣音低語，考慮著是不是要直接在牆上開一扇門，但是他不知道牆的另一端有沒有人，而且就算知道，他也擠不出力氣再蓋一次門。

在蒲松雅皺眉苦惱時，金騎士輕輕撞了安全門一下，花夫人與黑勇者立刻擠向門縫，先主人一步踏入大廳。蒲松雅倒抽一口氣，想伸手抓貓又怕被人發現，而這一遲疑便讓兩隻貓跑出手臂所及之處。

同時，奔跑的花貓、黑貓也引起接待員的注意，她們驚呼一聲，其中一人走出櫃檯想抓住貓兒，卻反而讓兩隻貓從併肩奔跑，轉為一左一右邊跑邊喵喵叫。另一名接待員見狀，也離開櫃檯加入追貓行列，和同事一起遠離安全門。

蒲松雅的胸口湧現熱流，想要阻止接待員抓住自己的貓，但最後還是以大局為重，狠下

心彎著腰和金騎士一起奔向門口。

當接待員發現蒲松雅與大狗時，一人一狗已經推開玻璃門，無視她們的呼喊與紅通通的行人號誌，越過馬路跑向荷洞院對面的大樓。

蒲松雅擠過玻璃門闖進該大樓的大廳，將掛在牆壁上的平面圖匆匆掃過一輪後，吹口哨帶著金騎士一起從後門出去。

他一心只想遠離荷洞院，沒去注意周圍的人車，直到一頭撞上第三者才停下來。

蒲松雅壓著撞疼的額頭從地上爬起來，本想道歉後繼續奔跑，腦袋卻在看清楚自己撞到何人後陷入空白。

他撞到的人是胡媚兒，狐仙眼冒金星的躺在地上，右手雖然緊握速食店的塑膠袋，但袋子中的炸雞與薯條卻滾了出來。

「嗚啊……」

胡媚兒一面呻吟一面甩頭，眨眨眼瞧見蒲松雅與金騎士，愣了一會困惑的道：「松雅先生、小金？」

「……」

「對不起，我沒有買到雙雙漢堡，但是我買了啃爺爺的外帶炸雞桶。」

「……」

「你們為什麼在外面？散步？」

「……」

「散步的話要掛牽繩啊，要不然會被警察開罰單，我聽說臺……」

「我是違反荷二郎和宋燾公的命令逃出來的。」

蒲松雅打斷胡媚兒，他站起來俯視狐仙傻住的臉道：「而且我不打算回去，我有非去不可的地方，不管是妳、老闆、城隍爺甚至玉皇大帝來，都別想把我關回去。」

胡媚兒睜大眼睛，安靜了好一會才問：「松雅先生一定要去那個非去不可的地方嗎？」

「當然。」蒲松雅右手握拳，沉下臉嚴肅的道：「如果我不去的話，會發生很糟糕的事，所以別攔我。」

胡媚兒沉默不語。

就在蒲松雅以為對方會把自己打昏帶回去時，狐仙開口認真的問：「松雅先生想去哪

裡？」

「和妳無關。」

「怎麼會無關？如果我不知道你想去哪，就沒辦法送你過去了。」

這回換蒲松雅雙眼瞪大，盯著胡媚兒五、六秒才低聲問：「妳知道妳在說什麼嗎？」

「送松雅先生到某個一定要去的地方啊。」胡媚兒歪著頭道。

「我不是指這個，我是指……妳沒聽見我剛剛說的話嗎？我是擅自跑出荷洞院，而妳尊敬到不行的宋燾公，還有害怕到不行的荷二郎全都反對我離開，妳要是幫助我，就等於違抗他們兩個的命令喔！」

「我知道啊！」

胡媚兒站起來拍拍裙襬，雙手扠腰道：「但是我喜歡得要命的松雅先生頭一次需要我的幫忙，我可不能不幫。」

蒲松雅的臉轉紅，不過他馬上回過神壓抑情緒道：「這可不是意氣用事的時候，妳要想清楚，萬一他們打算把妳做成油炸狐狸或逐出師門，我可幫不了妳。」

「二郎大人和燾公大人是會很生氣沒錯，但是我也不是第一次讓旁邊的人發飆，所以沒問題的！見招拆招，兵來將擋，水來土掩！」胡媚兒自豪的拍胸。

蒲松雅望著胡媚兒自信滿滿的樣子，垂下肩膀，靜默近半分鐘後，露出無可奈何的苦笑道：「妳真的是一隻笨到不行的狐狸啊……」

「是啊，所以我信任松雅先生的判斷，如果松雅先生說不去會發生壞事，那就一定要趕過去才行。」

胡媚兒伸出右手道：「告訴我吧，你要去哪裡？」

蒲松雅看著胡媚兒的手，沒有握住對方的手，而是將顯示蘭若寺地圖的手機放上去，「蘭若寺，距離這裡車程約一小時，阿芳要我七點到，但現在已經快七點了。」

「別擔心，有我在，一小時的車程只要十幾分鐘就搞定！」

胡媚兒邊說邊將速食店的袋子放到一旁，吸一口氣搖搖頭、擺擺臀，下一秒便從嬌小俏麗的少女，變成一隻有半個人高的三尾棕狐狸。

「上來吧！」胡媚兒伏低身體道：「坐上去後抓緊我的毛，別在我騰雲時掉下去。」

「騰雲？」聽到不熟悉的詞，蒲松雅下意識反問。

「騰雲之術啊！就是電影中踩著雲朵飛來飛去的法術。」胡媚兒搖了搖蓬鬆的尾巴，催

促道：「快點，要不然會遲到！」

蒲松雅戰戰兢兢的爬上胡媚兒的背，低頭和愛犬對上視線，趕緊輕拍狐狸喊道：「胡媚兒，妳能要金騎士回荷洞院嗎？要是放牠自己待在這裡，恐怕會走丟或被別人牽走。」

「沒問題，交給我。」

胡媚兒朝金騎士嗷嗷嗚嗚低鳴，金騎士也回以汪汪嚕嚕之吠，一狐一犬交談片刻後，黃金獵犬轉頭向著荷洞院奔去。

蒲松雅目送愛犬遠去，鬆了口氣俯身抱住胡媚兒。

胡媚兒腳邊竄出白霧，霧絲交織成小小的雲朵，托起狐仙的四足。

「對了，松雅先生，小金剛剛說了一件奇怪的事。」

「什麼事？」

「小金說，有個人告訴牠們，你需要幫手。」

「誰說的？」蒲松雅皺眉問。

「是一個常常到書……」

胡媚兒話才答一半，一陣強風就掃向一人一狐，吹散了狐仙的回答。

同時，胡媚兒乘著風勢蹬地躍向暗紅色的天空，令蒲松雅無暇顧及沒聽見的答案，只能攀緊狐仙毛茸茸的身軀，看著人行道迅速遠離、縮小，直至模糊不清。

第五章

苦戰蘭若寺

烏金華很少動怒，當她和普通人類互動時總是面帶笑容，訓誡聶小倩、與蒲松芳針鋒相對時看起來雖然怒氣沖沖，但那是六分演技、四分怒氣，並不是真的發怒。

然而此時此刻，她卻真真切切的生氣了。

讓烏金華暴怒的人是蒲松芳，蒲松芳一大早突然傳簡訊給她，說自己會提前取得疑魂，要她通知寶樹姥妖，希望能在六點半左右於蘭若寺交付魂魄。

烏金華依言聯絡寶樹姥妖，可是也建議對方拒絕或延遲蒲松芳的邀約，因為根據她的內線回報，今日城隍府鬼差的搜索區塊正是蘭若寺的所在處，若是她與蒲松芳驚動鬼差，甚至連累到寶樹姥妖，後果將會不堪設想。

可惜，寶樹姥妖在考慮之後，還是決定同意蒲松芳的請求。

「金華，老身懂妳的顧慮，但為了避免夜長夢多，還是儘早取得疑魂修成大法。」

寶樹姥妖如此安撫烏金華：「吞食魂魄也不過是數分鐘的事，事情結束後你們就能離開，更何況蘭若寺與妳的身上都有以兩界走精血製作的『擬陽珠』，鬼差的嗅覺再好，也嗅不出妳身上的妖氣。」

寶樹姥妖都這麼說了，烏金華儘管仍有不滿，也只能服從師尊的決定。

只是她萬萬沒想到，當蒲松芳與聶小倩抵達蘭若寺時，兩人手中拎著的不是某人的魂魄，而是一大盒甜點與四杯焦糖瑪奇朵。

「蒲、松、芳！」

烏金華站在寶樹姥妖的樹身旁，瞪著前方席地而坐吃戚風蛋糕的蒲松芳，抖著握拳的手怒吼：「你要玩到什麼時候？疑魂呢？你該不會打算將自己上週給的承諾，當成廢紙揉一揉扔進垃圾桶吧！」

蒲松芳偏頭望著烏金華，搖搖手中的外帶紙杯道：「怎麼會？我說我會在七天內準備好疑魂，就一定會在七天內將魂魄帶到寶樹奶奶面前，現在不過才剛進入第六天，妳要有耐心啊！」

「你早上七點四十七分十三秒傳來的簡訊中，說你『今天』會帶疑魂給夫人！」

「喔，我這麼早就說了嗎？」

「蒲——松——芳——」

烏金華怒吼，髮絲因為暴升的妖氣而飛起。

寶樹姥妖在樹洞中按壓眉心，先操控枝條圈住烏金華，讓自己的愛徒冷靜下來，再看向蒲松芳嚴肅的道：「小芳兒，莫再捉弄金華了，你誠實的告訴老身，今晚能還是不能交出疑魂。」

「當然能。」

蒲松芳放下蛋糕，拿起手機看看時間道：「我和他約七點，現在是……哇，已經七點十分了，居然遲到了！」

「約？」

烏金華的話聲拔尖，遠遠瞪著蒲松芳道：「你不是帶著魂魄來寺院，而是約魂魄的擁有者過來嗎？太胡鬧、太不負責任了！萬一對方向第三者提起蘭若寺，你要怎麼封第三者的口！」

「我有交代過他，不可以告訴第三者。」蒲松芳回答。

「你交代，他就會遵守嗎？對方可是疑魂，是五毒之魂中最不易掌握與控制的一個，與其做出這種危險還會使獵物起疑的邀約，不如直接下手奪取魂魄。」

「那可辦不到，因為我碰不到他。」

蒲松芳聳聳肩膀，停頓幾秒後搖頭道：「不對、不對，正確來說不是碰不到，是如果我

去碰他，被『奪取』的人就會變成我了。」

烏金華蹙眉道：「什麼奪不奪的？你要是無力取得對方的魂魄，那就由我去。你看上的獵物在哪裡？」

「那個獵物的守護者很難纏，就算是金華姨也沒辦法對付。」

「你是看上什麼麻煩的人物？」

「大人物。」

蒲松芳張開雙臂，以唇形對烏金華說「這麼大」。

烏金華嘴角抽動兩下，想上前揪住蒲松芳的衣領大罵，然而在她踏出第一步前，寶樹姥妖先開口了。

「小芳兒，好好回答金華，你看上的疑魂是何人，以及此人今晚會不會來蘭若寺。」

寶樹姥妖以和緩輕柔，但不容拒絕的口吻要求，灰色眼瞳中隱隱浮現怒氣。聶小倩感受到寶樹姥妖的不悅，端蛋糕的手瞬間僵住，抿起嘴脣臉色慘白的注視地板。

蒲松芳輕輕的握了聶小倩的手一下，轉向寶樹姥妖道：「這個人應該是被什麼事情絆住，所以才沒在約定的時間到達，但是他一定會來，這點我能拍胸脯保證。至於他是誰……這是

驚喜。」

「小芳兒……」

「我知道奶奶妳不喜歡驚喜。」

蒲松芳說出寶樹姥妖的心底話，他無懼於對方與烏金華尖銳的注目，露出自信滿滿的笑容道：「但我相信妳一定會對這個驚喜非常滿意，如果妳不滿意，那麼我會送上更棒的禮物來謝罪。」

烏金華冷笑道：「譬如五百毫升的全血嗎？每次闖禍就送血，你不覺得自己了無新意嗎？」

「達達！金華姨妳猜錯了。」

蒲松芳雙手交叉，再拍拍自己的胸口道：「謝罪禮不是血，而是魂——如果我約的人沒來，或是來了後入不了寶樹奶奶的眼，那麼我願意將我的魂魄獻給奶奶。」

此話一出，整個正廳瞬間陷入死寂。

聶小倩失手讓蛋糕掉到野餐巾上，烏金華張著嘴久久無法閉起，就連有千年歷練的寶樹姥妖也呆住了。

蒲松芳環顧僵硬的眾人，搖晃上身輕鬆的道：「我記得奶奶妳說過，大部分的法術都動不了兩界走，但如果當事人同意被施法，那麼法術就能發揮效力。以奶奶目前的身子，沒辦法硬吞我的魂魄，但如果是我自願，那就沒問題了吧？」

寶樹姥妖張口再閉口，閉口再張口，反覆數次才沉聲問：「小芳兒，你這是在開玩笑，還是說真的？」

「百分之一千是說真的。」

蒲松芳肯定的回話，再望向烏金華笑道：「金華姨老覺得我約她到蘭若寺，是拿她和奶奶的命開玩笑，所以我決定押上我的命，證明我完全沒有遊戲或裝傻的意思。」

烏金華的臉色一陣青一陣白，雙眉緊絞戒備的問：「你在打什麼主意？」

「什麼都沒打，我只想說服金華姨和寶樹奶奶等待我準備的大禮。」蒲松芳轉向寶樹姥妖問：「奶奶，妳肯接受我的加碼嗎？」

寶樹姥妖沉默不語，凝視蒲松芳的笑臉許久，才搖搖頭嘆氣道：「你這孩子，就愛玩驚世駭俗的把戲……好吧，就讓老身好好期待你遲到的禮物，但是老身的期待不是永無止境的，今晚十二點之前那人要是還沒到，你就別怪奶奶要你兌現諾言。」

「我以我的三魂七魄發誓，絕對不會埋怨奶奶！」蒲松芳舉手強調。

寶樹姥妖苦笑道：「你有這個覺悟就好。金華，我渴了，替老身端一杯參茶過來。」

「我這就去。」

烏金華轉身朝寺內走去。然而，她才走不到三步，梁柱與地板忽然劇烈搖晃，案上的菩薩像在晃動中裂成兩半，安置於正殿四角的黑水晶同時爆裂，保護與隱藏蘭若寺的法陣應聲崩潰！

「金華！」

寶樹姥妖大吼，吼聲打醒了烏金華，她掉頭繞過神木與神桌，站在傾倒的菩薩像前，面對殿門射出近百枚黑羽。

羽毛劃出弧線落進水池裡，羽根刺入池底的汙泥，喚醒埋在底下的白骨兵。

在白骨兵浮出水面的同一時刻，城隍府鬼差也湧入蘭若寺，這些手持令牌、枷鎖、刀劍或棍棒，身著黑白袍的差役兵分二路，準備包圍寺院本體與寺前池塘。

烏金華趕緊控制白骨兵一半留守水池，一半沿著池畔與蘭若寺的周圍排開，驚險的在包圍網完成時築成骨牆。

她瞪著與白骨兵對峙的鬼差，氣急敗壞的怒吼：「蒲松芳你這個索命鬼！這是你搞的鬼吧？是你約的人走漏風聲，將我們的位置告訴城隍府吧？」

「他不會告訴任何人。」

蒲松芳在殿內，一手做筒回喊：「倒是金華姨啊，妳在城隍府裡不是有安插間諜嗎？那個間諜怎麼沒告訴妳，今天鬼差會來抄蘭若寺？」

「蠢貨！別把這種要保密的事大聲說出來！」

「金華、小芳兒，現在不是拌嘴的時候！」

寶樹姥妖怒斥兩人，她瞇起眼，神色嚴峻的道：「來的恐怕不只鬼差，老身感應不到蘭若寺底下的靈脈，恐怕是有人施法截斷靈脈。」

「荷狐洞君？」烏金華問。

「除了他之外，沒人能將靈脈截得如此乾淨俐落……金華，妳有瞧見城隍或荷狐嗎？」

「沒有。」烏金華掃視正殿外的鬼差，困惑的皺眉道：「兩個人都沒出現，而且鬼差們也沒有動作。」

「鬼差沒動？」寶樹姥妖問。

「是的，他們就只是動也不動的站在那兒，不知道在打什麼主意。」

寶樹姥妖蹙眉，猛然想通敵人的目的，雙手重重拍上樹幹，在命令樹枝樹葉增生、展開的同時吶喊：「金華！鬼差是佯動，真正的殺招在上面！」

「上面？」

烏金華剛發問，就感受到一股剛烈之力從天空墜向蘭若寺的正殿，她緊急揚手讓白骨兵攀上寺體做防護，可惜白骨兵的速度不及力量的飛馳之迅，仍舊讓此力正面撞上寺院！

剛烈之力挾著暴風貫穿正殿，烏金華被灼熱的風掃起，在空中滾了一圈才被池子中的白骨兵接住，她壓著發疼的臉抬頭往正殿看去。

正殿的屋頂整個被炸開，殿門斷成三塊躺在池面上，牆壁不是半倒就是全倒，橫梁大多斜掛在傾頹的牆上，有百年歷史的石磚地也嚴重龜裂。在一片瘡痍之景中，只有正殿內的千年神木——寶樹姥妖的真身——屹立不搖，而且枝枒還比寺院受創前茂密。

寶樹姥妖將手從樹幹上收回，她抬頭看向洞外，先瞧見蒲松芳與聶小倩，前者跪坐在破碎的石地上，後者舞動白綾掃開所有斷木碎石，驚險的保護住寺內唯一的人類。

而在人與鬼的後方，寶樹姥妖見到破壞寺院的兩名凶手，灰眼中立刻燃起怒焰，接著揚

起冰冷的笑容道：「城隍爺、荷狐洞君大駕光臨，只可惜老身身舊傷未癒，無法前去迎接兩位，還請貴客見諒。」

「我一點也不在意。」

入侵者之一宋燾公冷著臉回答，他附在弟弟的軀殼內，但身上穿的不是素色西裝，而是城隍爺的正裝，金紅頭冠、銀繡官袍配上八卦腰帶，左手裡還拿著冒煙的金黑令牌——他剛剛就是用此牌一擊打穿蘭若寺。

另一名入侵者荷二郎則站在宋燾公身旁，合起折扇皮笑肉不笑的道：「打擾了，我是荷二郎，我家小兒受您諸多關照，今日特來還禮。」

「彼此彼此。」

寶樹姥妖起身踏出樹洞，環顧崩塌且冒著燒焦味的正殿、殿內的城隍爺與九尾天狐，以及殿外密密麻麻的鬼差們，她收起笑容下令道：「金華，使出全力攔住雜兵；小倩，絆住荷狐。」

烏金華點一下頭做回應，她弓起背脊屈膝跪地，下一秒身上的絲綢套裝就被巨大的金黑翼撕破，纖細的手臂也在同一時間化為銳利的鳥爪。她從一名成熟的美婦人，轉成有著金黑兩色羽毛的巨鴉，振翅一飛沖上天空，對著底下的鬼差投下銳利的羽雨。

而相較於烏金華的迅速反應，聶小倩卻在聽到命令時僵住，她回頭注視寶樹姥妖，大眼中寫滿錯愕與一絲抵抗。

「妳去絆住荷狐。」

寶樹姥妖重複，勾起嘴角露出慈祥卻令人發毛的笑靨道：「放心，老身會將我的妖力分給妳，也會替妳照顧小芳兒，不會讓他受傷。」

「小倩，去吧。」蒲松芳輕推聶小倩一下，然後轉身走到樹洞旁邊，靠在洞邊以脣形告訴對方「一定要贏」。

「……遵命。」

聶小倩轉身輕抖白綾，綾布浮現斑斑血點，血點迅速擴大，最後將白綾轉成紅綾，而她也在綾布變色完成的瞬間，蹬地奔向荷二郎與宋燾公。

宋燾公側身閃過聶小倩，和荷二郎短暫的交換眼色後，朝寶樹姥妖拔足疾奔，舉起令牌準備砸破對方的頭。

寶樹姥妖沒有閃避，她微微動了一下指頭，五條樹藤立刻從地下伸出，從前後左右包抄

宋燾公的腿與手。

宋燾公避過第一條、踩碎第二條、打碎第三條再踢開第四條，正要躲開最後一條樹藤時，腳下的石地突然凸起破壞了他的重心，他雖沒狼狽跌倒，卻因此被樹藤繞住腳踝吊起來。

寶樹姥妖仰望在半空中搖晃的宋燾公，搖搖頭輕嘆：「年輕人就是只想著自己要去哪，卻不管腳踩之處是否穩固。」

「而老人家總是話太多，讓敵人有反攻的機會。」宋燾公回應，他鬆手放開金黑令牌，令牌在落地時放出強光，光線遮蔽了寶樹姥妖的視線，而待她重新看清楚左右時，宋燾公已經從袖子中取出由符咒貼成的火箭筒，對準她按下發射鈕！

寶樹姥妖瞪大雙眼，雙手一拍緊急合起枝幹保護自己與蒲松芳。

火箭射進交織的樹枝樹葉之中，靜止半秒後爆炸，火光與黑煙頓時包圍寶樹姥妖的真身，將正殿剩餘的斷牆震倒。

「年輕人比妳想像中危險多了。」宋燾公邊說邊放下火箭筒，筒身在離手的同時分解成符紙，隨著爆風飛出正殿。

「……的確，老身輕敵了。」

樹葉隨著寶樹姥妖的話聲從黑煙中射出，宋熹公撒出一疊黃符築成盾牌抵擋，驚險的擋住葉片。

只是寶樹姥妖操縱的不只有葉片，粗如成年人腰桿的樹藤忽然從宋熹公背後彈出，將猝不及防的城隍掃飛撞上橫梁。

「老身會慎重、徹底、緩慢的殺死你。」

寶樹姥妖踏出樹洞，將手中的樹藤枴杖敲向地板，二十多根同樣粗細的樹藤從地底爬出，搖晃的陰影籠罩宋熹公的身軀。

宋熹公撥開身上的碎石塊，站起來以黃符編織出一把散彈槍，指向寶樹姥妖笑道：「請妳『務必』慢慢料理我。」

當宋熹公手持令牌跑向寶樹姥妖時，聶小倩正舞動血綾和荷二郎交鋒。

即使有寶樹姥妖的力量援助，聶小倩也沒有自大到認為自己有能力與天狐抗衡，因此她採取的策略，是毫不保留的使出全副鬼氣進攻，能拖延荷二郎一秒算一秒。

然而，令聶小倩意外的是，荷二郎沒有做任何反擊，九尾天狐只是以手中折扇撥開或擋住血綾，踩著跳舞般優雅靈巧的步伐繞圈子。

這令聶小倩起疑，但是她對荷二郎的戒備壓過疑心，因此沒有細想對方這麼做的目的，只是繼續揮動綾布捨命攻擊。

在她揮手驅使血綾捲成長槍時，右手邊忽然冒出巨響，緊接著晃動與黑煙也湧向她與荷二郎。聶小倩本想無視煙與聲響，但是腦中忽然晃過蒲松芳的臉，提醒她自己最重要的人就站在響聲傳來之處。

「松芳少爺！」

聶小倩不自覺的喊出聲，忘記寶樹姥妖的命令、荷狐洞君的威脅，轉身就想回到蒲松芳身邊。

「縛。」

輕緩的低語拍上聶小倩的耳膜，她的身體瞬間凍結，體內的妖力流動也迅速減緩。

「小女孩，在對戰時將視線從對手身上挪開，是很不智的舉動喔。」荷二郎搖著折扇，一步一步走近聶小倩道：「妳的對手是我，可不能因為對手對自己放水，就覺得無聊想找別人遊戲啊！」

「放……放開我。」

荷二郎眨眨眼，略感意外的道：「都中了我的不動金縛，居然還能說話？不愧是能和小媚兒打成平手的怨靈。不過很可惜，我不會讓妳過去，妳就待在這裡，看我和焘公剷除妳的主人。」

聶小倩瞪著前方的黑煙，感覺自己停止跳動數百年的心臟緊緊揪起，泛紫的嘴唇從小顫抖轉成大顫動，最後衝破束縛爆出尖叫。

荷二郎微微睜大眼，收起扇子擋下聶小倩的爪子，看著由翩翩佳人轉為青面厲鬼的女子，皺眉低聲道：「愚痴的小女孩，掙扎並不會讓妳如願，只是徒增痛苦罷了。」

「退下！」

聶小倩怒吼，她不顧一切吸取寶樹姥妖由地下灌入的妖力，頭髮與繞於臂上的血綾迅速增長，並且像是各自有生命的物體般立起扭動，刺向前方的九尾天狐。

荷二郎輕輕嘆氣，展開扇子揚手輕輕一掃，氣流彈開聶小倩的髮絲與綾布，在半空中轉一個彎拍上女鬼的胸口。

聶小倩身上的鬼氣被這一擊打飛大半，身體也一路往後退，靠著血綾與頭髮抓住石地才停下來，並在穩住重心的剎那躍向荷二郎。

荷二郎再次舞動折扇，他像是手持彩帶的舞者，踩著輕盈的舞步避過聶小倩的尖髮、綾槍，再旋身揮出看不見的風之長帶。風帶擦過聶小倩的腹部，她仰頭咳出一口青息，身感劇痛卻沒有退縮，反而舉爪掃向荷二郎。

聶小倩一心只想趕回蒲松芳的身邊，急切使她克服疼痛，但是也讓她喪失理智，沒能察覺到荷二郎反擊的力道雖重，卻都僅僅是被動、最低限度的回擊，明顯沒將心力放在她的身上。

荷二郎的心力集中在腳下，他一面架開血綾，一面分神感受遠處靈脈的波動。遭阻斷的靈脈正迅速積蓄靈能，宛如潰堤前的水庫一般，表面上看起來平靜，地下卻暗潮洶湧。

——比想像中還順利……

荷二郎在心中低語，他在心中無聲的倒數，等待己方真正的殺招降臨之刻。

沒錯，他與宋燾公以及外頭的鬼差一樣，都只是絆住、轉移寶樹姥妖一黨目光的佯攻，真正的絕招既不在四方也不是來自天空，而是深藏於地底。

烏金華遵從寶樹姥妖的命令，與以黑白無常為首的鬼差纏鬥。黑壓壓的鬼差像潮水一般，一次又一次衝擊著白骨兵。白骨兵的不死特性對上同樣是亡者鬼差，絲毫暫不了便宜，但此處埋藏的骨骸全是烏金華精心挑選、經年累月注入妖力的精銳，即使數量上是一比三，一時間竟也能戰成五五波。

只是烏金華對此一點喜悅感也沒有，她只想儘快解決底下的嘍囉，掉頭與師尊一同殲滅城隍爺與荷狐洞君。

為此，烏金華和聶小倩一樣，毫不嗇於使用妖力，她灑下大量飽含蠱毒的黑羽，羽毛在沾上鬼差的身軀後化為手指大小的蜈蚣，啃食鬼差的力量，再注入麻痺之毒與擾亂心神的幻術。修為不足的鬼差率先中招，他們發狂的抓挖著自己的皮膚，接著驟然轉身將手中的刀槍、枷鎖甩向同僚。

「白無常」謝平安待在圍牆上壓陣與監視戰局，他比在前線衝鋒的「黑無常」范無救先發現鬼差的異狀，而且馬上意識到變異的原因是烏金華的羽毛，趕緊橫揮手裡的羽扇，颳起強風吹走黑羽。

「無救！」

謝平安邊揮扇邊大喊，空出一隻手指著鬼差受創最嚴重的西南角。

范無救朝朋友所指之處探頭，只看一眼就知道對方的用意，他暗罵一句髒話，利用圓滾滾的身軀撞開周圍的白骨兵，奔向西南邊怒吼：「小鬼退下老鬼前進！守住防線後先處理中標的，下手不用客氣，統統打昏拖走！」

鬼差的陣型立即改變，老經驗的差役擋住白骨兵，其餘人則壓住受控制的同僚，清除對方身上的蜈蚣後敲昏捆起。

謝平安看著混亂迅速平息，剛剛安下心，身體就被陰影所籠罩，抬頭一看才發現烏金華朝自己俯衝而來！謝平安倒抽一口氣，撲向一旁躲過和自己的頭一樣大的鳥爪，橫舉虎頭令牌卡住烏金華的利嘴。

范無救聽見響聲回頭，目睹朋友被巨鳥壓倒的畫面，轉身邊跑邊喊：「平安！你撐住，我馬上……」

「別過來！」

謝平安一腳踢上烏金華的肚子，趁著對方鬆口時抽出虎頭令牌，隨即朝巨鳥的眼睛拍下去。烏金華偏頭閃過令牌，拍動雙翼飛升後再次俯衝，張開鳥爪掠向謝平安的肚子。

謝平安仍躺在圍牆屋簷上，他來不及閃避，只能大力揮動手中的扇子，颳起旋風干擾烏金華的飛行路徑。烏金華抖動了一下，鳥爪捅進謝平安腰側的瓦片，雖沒正中目標，可是也讓高高瘦瘦的白無常見血。

謝平安壓著腰傷爬起來，正要後退拉開距離時，遠處忽然響起爆炸聲。烏金華的注意力被響聲吸過去，雖然她很快就將目光放回眼前的戰局上，但仍產生短短兩、三秒的停滯，而這極短的時間就給了謝平安反擊的機會。

謝平安連退四步，同時以手中的令牌在空中劃出「虎」字，在勾出最後一筆的同時，他反手將令牌拍上虎字，虎字立即染金，化為一匹頸繫紅巾的大黃虎跳出來。

謝平安指著烏金華高喊：「虎爺，咬住她！」

「吼嗚——」

虎爺奔向烏金華，在巨烏起飛時往上躍，咬住對方的腿，將整隻烏從天空扯回地面。

烏金華掉到鬼差的頭頂，她在落地的瞬間恢復人形讓虎爺咬空，從袖子中抽出一條由金屬烏羽編織成的黑鞭，甩向追擊而來的紅巾黃虎。

「比想像中還麻煩……」

烏金華在心中低嘆，她本以為自己能一舉擊倒白無常，結果卻被對方放出來的貓兒反咬一口，落得得同時應付鬼差和虎爺的窘境。

不過，這僅是「窘境」不是「絕境」，就算她被擊倒、聶小倩輸給荷二郎——這是一定會發生的事，但只要師尊仍健在，她們就還有勝算。

「惡妖，束手伏法吧！」謝平安站在圍牆上呼喊：「雖然不能保證妳之後的待遇，但至少不用受無謂的傷害。」

「感謝您的好意，但是我有更好的主意。」烏金華甩動鐵羽鞭，砸爛意圖偷襲自己的鬼差容顏，道：「以我的雙手將諸位全數送回黃泉，如此一來雖然會讓寺院染上腥臭的鬼血，可是倒能讓我耳根清靜。」

「誇口！」

范無救的人與鐵鍊一同砸向烏金華的後腦勺，烏金華急轉身避開攻擊，正想揮鞭打破黑無常的胖肚子時，她的背後突然挨了一記虎爪！

烏金華身上的絲綢套裝當場被抓成兩半，她咬牙以鐵羽鞭逼退虎爺，躍上天空恢復巨烏之姿。不過，她才飛不到七、八公尺，鳥腿就被謝平安鮮紅的長舌繞住，在白無常的出手下重重摔回地面。

「嘎啊！」

烏金華發出哀鳴，展平翅膀仰躺在石板地上，她掙扎著想爬起身，但是澎湃的靈氣先隔著泥土滾過她的背脊。

烏金華愣住，接著猛然意識到地底下發生了什麼事，驚慌的張嘴尖聲吶喊：「夫人，小心靈脈！」

相較於荷二郎的游刃有餘、黑白無常與虎爺的反守為攻，作為主帥的宋燾公卻狼狽得不堪入目。

「噗啊──」

宋燾公不知道第幾次被樹藤拍飛，在地上彈跳三次才停下，扶著暈眩發疼的頭站起來。

寶樹姥妖拄著枴杖站在一大排粗樹藤前方，她遠遠望著宋燾公染血瘀青的臉，搖搖頭輕聲道：「城隍爺還不放棄嗎？恕老身直言，你的攻擊方式雖然令人耳目一新，卻也僅此而已，

你無法傷到老身，繼續下去只是讓自己痛苦罷了。」

「勞妳費心了，但如果我會害怕這點痛苦，就不會帶隊殺進來了。」

宋燾公抹去嘴角的血，他的口氣與表情十分鎮定，但其實心裡老早就在暗叫不妙。

當宋燾公附上弟弟的身體時，會自動展開護體金罩，讓弟弟處於刀槍不入的神明附體狀態。然而，他沒想到寶樹姥妖竟能打穿護體金罩，雖然目前的傷害還僅止於皮肉傷，可是姥妖明顯沒出全力，若是對方認真起來……

「如果你堅持要繼續，那老身勸你和荷狐洞君換手。」

寶樹姥妖偏頭往右看，遙望輕鬆閃避聶小倩爪子的荷二郎，蹙眉故作擔憂的道：「不過荷狐也真是的，明明能在兩招內了結聶小倩那娃兒，卻來來往往數十回合都沒下殺手，放水也放得太嚴重了，城隍爺不覺得奇怪嗎？」

「一點也不覺得，因為我給他的指令只有控制靈脈，還有必要時拖住妳的嘍囉。」宋燾公面無表情的回答，手臂一甩，以符咒造出衝鋒槍和手榴彈。

寶樹姥妖看了陌生的武器一眼，依舊掛著微笑道：「即使如此，他不擔心城隍爺嗎？要對付惡名在外的寶樹姥妖，單憑一名地府小吏可是大大不足啊！」

「大概不擔心吧，畢竟我們翻臉很久了。」宋縡公咬牙說道。

「主掌本地鬼怪的城隍，居然和管理靈脈，充作妖、神間溝通橋梁的妖仙不合，這沒問題嗎？」

「有問題也是我的問題，和妳沒有關係。」宋縡公舉起衝鋒槍道：「因為妳今晚就要下地獄去了，有時間擔心這個、煩惱那個，還不如想想等一下怎麼在閻王面前申辯。」

寶樹姥妖看著槍口，噗嗤一聲笑出來道：「唉，年輕人就是不知道見好就收。小芳兒，你說是吧？」

「奶奶，如果知道見好就收，那就不叫年輕人了啊！」蒲松芳在樹洞內回答。他在宋縡公發射火箭時被樹枝推入洞中，不只沒受到爆炸波及，身上甚至沒沾到一點灰燼。

「小芳兒，你可不能成為這種年輕人吶，要不然老身會煩惱到睡不著覺。」寶樹姥妖搖頭嘆道。

「奶奶妳什麼時候睡過覺了？」蒲松芳反問。

他盤起腿，看著十多公尺外的宋縡公道：「城隍大人，你可不能怪奶奶，因為這次是你不對，我的邀請函明明不是寄給你，你怎麼能冒名頂替，跑來蘭若寺砸場呢？」

「本府會好好替你們收屍。」宋焘公話一說完，就以嘴將手榴彈的插銷拔出，左手扔手榴彈，右手舉槍掃射。

寶樹姥妖背後的樹藤瞬間下折，併攏成藤牆護住她，牆面擋下手榴彈的衝擊，也吃下衝鋒槍的子彈，最後被宋焘公一腳踢碎。宋焘公踩過斷裂的樹藤，將衝鋒槍的槍口直接壓上寶樹姥妖的胸口，扣下扳機做零距離射擊！

子彈打穿寶樹姥妖的胸膛，她抖著身子後退貼上樹藤，再沿著藤蔓滑下，流出黑青色的血液。

「誰說我傷不到妳？」宋焘公低聲問。他拋開衝鋒槍再次拿出手榴彈，將手榴彈塞進寶樹姥妖的嘴中，拉開插銷後迅速往後跑。

手榴彈在數秒後炸開，宋焘公在爆炸聲中回頭，看見有身無首的寶樹姥妖，以及兩條交錯伸展而來的樹藤。

宋焘公瞪大眼睛，緊急將靈力聚集在手與腿上，屈膝、交叉手臂護住腹部和頭顱，雖然逃過被樹藤打破腦袋、貫穿肚子的慘況，可是右手前臂與左小腿骨已應聲折斷。

「你知道你們人類仙人最大的弱點是什麼嗎？」

寶樹姥妖從血泊中站起來，一面前進，一面重新長出頭部。

「你們只會以人類的角度思考，卻忘記自己面對的是野獸、是猛禽、是植物。」

宋燾公側躺在地上，牙齒因為劇痛而打顫，慣用手以詭異的角度扭曲著，但是他眼中卻沒有一絲退縮，依舊筆直的注視寶樹姥妖。

「如果你要殺死一棵樹，光是炸掉其中一個小樹瘤是沒用的，你得砍倒整棵樹。」

寶樹姥妖蹲在倒地的宋燾公面前，露出老奶奶見到孫子惡作劇的苦惱笑容，將手伸向對方的咽喉。

不過，在她掐住宋燾公之前，一股帶著荷花清香的旋風將城隍爺的身軀捲起，拉到荷二郎的懷中。

寶樹姥妖愣住，還沒搞懂發生什麼事，就聽見烏金華的尖叫聲。

「夫人！小心靈脈！」

烏金華的「脈」字剛落，龐大的靈力就由地下竄出，籠罩寶樹姥妖的每片樹葉、每根枝幹，以剛烈的陽之力燃燒由陰邪之靈建構的大樹。

「嗚啊……嗚啊啊啊啊——」

寶樹姥妖的人形分身在慘叫中燃燒殆盡，她的真身——神木——也痛苦的掙扎著，令人頭皮發麻的摩擦、搔刮音傳遍整座蘭若寺。

宋燾公靠著荷二郎的攙扶站起身，注視著寶樹姥妖被靈力灼燒。

這才是他與荷二郎真正的絕招！他們先將蘭若寺的靈脈暫時阻斷，受阻的靈脈會迅速積聚靈力，等到力量上升到臨界點後，再一口氣釋放所有靈力，將寶樹姥妖從樹根到樹葉一舉燒光。

要執行這個絕招，首先是不能讓寶樹姥妖移動，但是寶樹姥妖身為一個千年樹妖，絕對有能力察覺靈脈的斷流，且在察覺後一定會逃跑，因此兩人才大動作帶隊包圍蘭若寺。

只不過，單單困住寶樹姥妖還不夠，假如她察覺到兩人的企圖而有所防備，那麼同樣有可能失敗。

為此，荷二郎一定得出現在蘭若寺，否則寶樹姥妖肯定會起疑心，戒備著沒有現身的荷狐洞君；但同時，荷二郎又不能讓寶樹姥妖發覺自己正分心控制靈脈，所以單挑姥妖的重任才落到宋燾公頭上。

荷二郎微微垂下眼，看著站都站不穩的宋燾公微笑道：「宋先生，你看起來真是極其慘烈啊。」

宋燾公瞪荷二郎一眼，「閉嘴，專心引導靈脈，我可不想被自己埋的地雷炸到。」

「安心吧，我才不會犯下那種要命的錯誤，害城隍爺的腳多骨折一根。」

「……就算我一腳一手骨折，還是有能力折斷你的脖子。」

「哇啊，那真是太可怕了！不過請你等我燒完眼前的木塊再動手。」

荷二郎望著在洶湧的靈流中碎裂、縮小的寶樹姥妖，收起玩鬧皺眉道：「不愧是活了兩千年、吞噬無數生靈的妖樹，一時半刻還無法燒盡她。」

「標準的好人不長命，禍害一萬年……」

「松芳、松芳少爺啊啊——」

聶小倩忽然從宋燾公與荷二郎身邊跑過，不顧自身安危撲向垂直噴發的靈流，卻在接觸到的瞬間被彈飛到正殿外。

荷二郎看著聶小倩落地，低下頭輕聲問：「宋先生，你……」

「是，我忘記蒲松芳也在那裡了。」

宋燾公鐵青著臉回答：「我本來想找機會把他和那個老妖婆分開，但是那個妖婆把蒲松

芳塞進樹洞裡，我根本靠近不了……這下完蛋了。」

「如果人在樹洞裡那也許還有救，畢竟那是寶樹姥妖真身的中心部位，要最後才會……呃！」

荷二郎突然發出嗚咽聲，身子搖晃兩下，鬆手放開宋焘公。

宋焘公因為這一放而摔倒，他勉強用沒骨折的手撐住身體，抬頭正想罵人時，瞧見荷二郎吐出一大口血。

「二郎！」

宋焘公不自覺的喊出過去的稱呼，脫離弟弟的身軀，以靈體之姿飄到荷二郎身後，雙手拍上對方的背灌氣。

這一灌，宋焘公的氣馬上全部流向荷二郎，他嚇一跳，想放緩輸氣的速度，但卻一點也拉不住自己的氣，彷彿他灌氣的對象不是天狐，而是一具強力吸塵器。

荷二郎緊急將宋焘公震開，擠出剩餘的力量切斷自己與靈脈的聯繫，此舉讓他的靈力不再外洩，但原本直衝寶樹姥妖的靈流也因此消散，露出底下半黑半紅的神木。

神木身上的黑，是來自靈流的傷害，紅則是蒲松芳的血。蒲松芳的手腳被七、八條樹藤貫穿，枝藤吸取他的血液，令深褐色的樹皮一點一滴轉紅。

「剛剛真是凶險啊……」

寶樹姥妖的聲音從樹洞內響起，她不再借用人形化身之口，而是以自己的真身說話：「要不是老身時常飲用兩界走的血，又早早將人拉進樹洞裡，方才肯定無法及時利用兩界走之力，將靈脈由陽轉陰收為己用。」

「……」

「……」

「兩界走無條件奪氣、合氣的能力真是太方便了！如此輕易就將奪命之力轉為滋養之力，有了這個力量，別說是地府陰差，就算是九天神佛也奈何不了老身！」

寶樹姥妖抖動枝葉，摩擦聲和笑聲混合，震動冰冷的空氣。

宋燾公望著妖氣高漲的寶樹姥妖，低下頭輕聲道：「二郎，小正就拜託你了，我……」

「我來爭取時間，你帶著小正快逃。」

荷二郎截斷也拒絕宋燾公的提議，他斜眼瞄向半透明的城隍爺靈體，挑眉輕笑道：「擁有仙體的我，遠比連肉體都不存的你有勝算。」

「這不是勝算問題，是責任問題，我的作戰成敗由我負責，你……」

「你們兩個都別想逃！」

寶樹姥妖展開枝葉，沉重、冰寒的陰氣瞬間散出，將正殿內的宋燾公、荷二郎，以及殿外的鬼差、白骨兵、烏金華、聶小倩和黑白無常統統壓在地上。

「哎呀，看樣子老身還有點不習慣新力量，下手如果過重，還請諸位多多擔待。」

寶樹姥妖邊道歉邊加重下壓的力道，享受著周圍的呻吟與哀號，伸出三根鮮紅色的樹藤，對準宋燾公、宋燾正和荷二郎。

「永別了，青澀的城隍爺和毛仙人。」

寶樹姥妖一說完，樹藤立刻刺向三人，宋燾公與荷二郎同時掙脫陰氣的壓制，也同時移動想保護對方，然而他們的努力全是徒勞。

為什麼？

因為在樹藤命中三人的前一秒，胡媚兒載著蒲松雅從天而降，踩、踢、撞開了紅樹藤！

「到……到、到到到達！」

胡媚兒仰頭開心的大吼，她大剌剌的踩踏寶樹姥妖的樹藤，轉頭對背上的蒲松雅道：「松

雅先生，我們到蘭若寺了！這次是真的，我沒有飛過頭跑到桃園機場、基隆漁港或宜蘭冬山河！」

蒲松雅直起腰桿——他因為風勢與重力的關係，整個人貼平在狐仙的背上，在降落後才扶著暈眩的頭環顧四方，先被坍塌、冒煙還鬼橫遍野的寺院嚇到，接著瞧見胡媚兒腳邊的荷二郎、宋燾公、宋燾正。

荷二郎與宋燾公此時從震驚中清醒，一鬼一狐猛然繃緊肩膀，雙手握拳同聲吶喊——

「小媚（小媚兒）妳搞什麼東西啊！」

胡媚兒瞬間在原地垂直彈起，捲著三條尾巴低頭道：「我、我在路上碰到松雅先生，松雅先生說他想到蘭若寺，所以我就……」

「妳他X的不知道，這傢伙被下了禁足令嗎！」宋燾公怒吼。

「小松雅說想來，妳就帶他來？那妳把我吩咐的要看好小松雅，當成什麼了？」荷二郎將折扇的扇柄掐出裂痕。

胡媚兒因為上司與長輩的怒火而顫抖，不自覺的後退道：「我、我當然清楚，燾公大人和二郎大人的話我都有放在心上，但是、但是松雅先生難得需要我幫忙……」

「幫忙做加工自殺嗎！」

「小媚兒，我對妳太失望了！」

「喂，你們等一下！」

蒲松雅滑下狐背，擋在胡媚兒面前道：「你們罵錯人了吧？就算沒有胡媚兒幫忙，我自己也會想辦法趕到蘭若寺，胡媚兒只是擔心我路上出意外，所以才親自送我來。」

「她如果擔心你出意外，應該把你綁一綁丟回荷洞院。」宋燾公殺氣騰騰的道。

「我萬分同意燾公的意見。」荷二郎掐斷了折扇。

蒲松雅一時間被兩人的氣勢壓過，但他馬上就穩住自己，拍胸大喊：「我可是兩界走，就算把我丟回去，我還是會再逃出來。」

「你會不會再逃出來是門口守衛要擔心的問題，就算你真的逃了，小媚依舊失職、抗命、不顧大局！」宋燾公指著胡媚兒的鼻子罵。

「然後我是小媚兒的師伯，燾公是她的上司，她不聽我們的話卻聽你的，這有道理嗎！」荷二郎跟進。

胡媚兒壓平雙耳，沉默了好一會後，終於按捺不住情緒仰頭大吼：「二郎大人和燾公大人說的我都懂，但是、但是松雅先生是……是我的男朋友啊！」

被吼聲、喘息與哀號所占據的蘭若寺驟然陷入寂靜，死人、活人、妖怪統統閉上嘴，只有風聲輕颳著地板。

蒲松雅、宋熹公、荷二郎和剛剛恢復清醒的宋熹正定格整整五秒，接著一同轉頭瞪著胡媚兒問：「妳說什麼——」

「因為、因為……」

胡媚兒害羞的撇過頭，甩著尾巴左右搖晃道：「松雅先生先前在病房說他喜歡我，然後我也說過好幾次自己喜歡松雅先生，既然我們互相說過喜歡，那不就是男女朋友了嗎？我記得人類的告白……」

「人類的告白才不是那種意思！」

蒲松雅燒紅著臉吶喊，他回身一把抓住胡媚兒的毛臉頰怒吼：「所謂的告白，是一方向另一方表達自己的愛慕之心，不是一方間接或不小心讓另一方聽見！這種告白根本不算告白！」

「欸！是這樣嗎？所以松雅先生的喜歡不算數，你不喜歡我嗎？」胡媚兒垂下尾巴。

「我……」

蒲松雅的話聲卡在喉嚨中，凝視失落不安的胡媚兒許久，放開對方的臉頰低聲道：「喜歡啊，喜歡到懷疑自己的腦袋有問題的地步。」

「松……松雅先生我最喜歡你了！」

胡媚兒嚎嗚一聲，正想撲倒蒲松雅時，眼角餘光忽然瞄到竄動的樹藤，立刻咬住蒲松雅的衣領，啣起人類跳開。

樹藤拍上蒲松雅一秒前站立的位置，提醒眾人此處不是適合閒聊與吵架的場所，而是有著可怕樹妖的奪命之地。

只是寶樹姥妖看起來與先前不同，她不知何時收回陰氣，伸展的枝葉微微打顫，從視敵人如玩物般的輕鬆，轉為發現強敵的警戒。

宋燾公與荷二郎感受到寶樹姥妖的轉變，兩人對看一眼，宋燾公飄到狐仙身邊，荷二郎則抽出衣襬上的粉荷奔向姥妖，擋下甩向眾人的樹藤。

宋燾公盯著寶樹姥妖，展開護體金罩保護身後之人喊道：「胡媚兒，帶著松雅和小正離開這裡！」

「現在就走？但是我們才剛來……」

「妳再囉嗦就永遠別想走！」

「嚎嗚！」

胡媚兒縮起脖子，轉頭想叫蒲松雅回自己的背上，這才發現幾秒前還站在自己身邊的人類消失了！

幾乎在同一時間，荷二郎看見蒲松雅奔向寶樹姥妖，他伸手想抓住對方，卻因為樹藤的妨礙而撲空。

「小松雅快回來！」

「蒲松雅你這白痴找死啊！」

「松雅先生——」

複數的呼喊聲拍打蒲松雅的耳朵，但是他聽而不聞，因為他的注意力全鎖在寶樹姥妖真身中央的樹洞中，自己那全身是血、奄奄一息的兄弟身上。

他想起參冊中被貨車撞破腦袋的父親、警方報告中血跡斑斑的公園，以及午夜夢迴中，自己所想像的母親的死狀，這些鮮紅的影像如鐵錐般貫穿他的四肢軀幹，將他壓抑近一週的絕望與痛苦一口氣挑起。

不過，在蒲松雅被自己的情緒壓倒之前，那個在荷洞院十五樓使他振作起來的聲音再度出現。

——還不到放棄的時候。

沒錯，還不到放棄的時候，父親已經死了，母親也喪命了，可是他的兄弟還有呼吸，即使虛弱、流血、被千年老妖抓得死死的，蒲松芳仍活著。

他救不了父母，但還有機會將弟弟從死神的手上搶回來。

這次我絕不會放你離開——蒲松雅抱著這個決心，在胡媚兒與宋焘公對話時往前跑，踩著破碎的石地板，朝壓榨兄弟生命的神木奔去。

「阿芳！」

蒲松雅扯著嗓子吶喊，他遠遠看見蒲松芳的手指動了一下，剛感到高興就看見樹藤迎面劈來。

「小松雅蹲下！」

荷二郎大喊，他射出荷花花瓣切斷樹藤，正要叫人退回去時，被七、八條樹藤與銳如刀片的飛葉困住，無暇看顧蒲松雅的安危。

如果是平常的蒲松雅，會立刻判斷自己無法到達樹洞，但是此刻的他完全沒考慮自己的安全，在樹藤斷裂、荷瓣崁入地板後就站了起來，繼續朝吃人的樹妖飛奔。

胡媚兒見蒲松雅沒有回來的意思，也奮不顧身的闖進交錯的樹藤群中，咬住意圖襲擊蒲松雅的藤蔓，傾注所有靈力施展四方火君術。

大火從四面八方竄出，沿著樹藤反燒向寶樹姥妖的真身，一開始僅能讓樹藤的行動稍稍遲緩，但在荷二郎以風助燃後，火舌突破陰氣的防護，將樹皮一分一寸染黑。

「荷狐、城隍，這才是你們真正的企圖嗎！借兩界走之手殺死老身！」

寶樹姥妖怒吼，她放任火焰在身上蔓延，更無視同樣處於正殿中的胡媚兒、宋熹公和荷二郎，只是甩動樹藤瘋狂的攻擊蒲松雅。

拜此之賜，樹藤的劈打力道雖然大幅上升，但行動上卻從神出鬼沒難以預測，變成有固定的軌跡與方向，令胡媚兒等人得以攔住揮向蒲松雅的每一擊。

蒲松雅在其他人的掩護下奔向弟弟，他和蒲松芳之間只有短短的三十多公尺，然而這三十公尺卻被坑坑洞洞的石地、不斷突襲自己的樹藤拉長，近在咫尺又遠如天涯。

——再一尺、再一步、再一寸就到了！

蒲松雅在心中怒吼，他低頭躲過樹藤，踏入寶樹姥妖的樹蔭範圍內，伸長手臂縱身撲向樹洞。

「老身不會讓兩界走齊聚的！」寶樹姥妖尖聲嘶吼，快速轉動身軀讓樹洞移位。

蒲松雅的手因此抓空，但他馬上攀住附近樹瘤，在身體因離心力騰空的狀態下，努力朝樹洞爬去。

「放開老身！」

寶樹姥妖憤怒又恐懼的嘶吼，暴虐的陰氣穿過樹皮撞上蒲松雅，將他的手震離樹瘤。

——要被甩開了！

蒲松雅眼睜睜看著自己與神木分開，正被絕望與挫折所籠罩時，一隻手忽然由樹中伸出，抓住他的手腕。

「阿雅……我就知道你會來。」

蒲松芳以染血的手握緊兄弟，笑瞇了臉低語：「時候到了，把我們的仇人『打開』吧。」

「打開？」

蒲松雅話一說完，眼前的景象猛然變換，由禁錮兄弟的血紅樹洞，轉為無邊無際所籠罩的漆黑空間。

——阿雅，這邊。

蒲松芳的喊聲從左側響起，蒲松雅轉頭往聲音源看去，瞧見一棵被白骨籠子保護著的血樹。蒲松雅走到血樹前，伸手碰觸籠子，指腹猛然傳來刺痛，他立刻抽手後退。

——阿雅，打開它。

「打開？這籠子根本沒……」

蒲松雅的雙眼微微睜大，了解蒲松芳希望自己做什麼，但為什麼要這麼做？打開籠子後會發生什麼事？

——打開後就知道了。

蒲松芳回答，並在兄弟抗議前補上一句……

——為了我們的父母。

蒲松雅被「父母」打中胸口，他握緊雙手瞪著眼前的無門骨籠，儘管仍有困惑，卻開始想像不存在的門。

這扇門鑲在籠子的正前方，和籠身一樣由白骨打造，長是三公尺、寬是一公尺，有門把，但是無門鎖，就算是小孩子也能輕易打開。

在蒲松雅完成想像之時，白骨籠上也多了一扇門，他伸手握住門把，往外輕輕一拉，開啟封閉的骨頭籠子。

——果然……只要我和阿雅聯手，就沒有辦不到的事。

蒲松芳興奮的說著，血樹在話聲中迅速枯萎，轉瞬間就化為碎屑散去。

蒲松雅愣住，還沒搞清楚發生什麼事，臉頰就傳來一陣刺痛，聽見胡媚兒在自己耳邊大叫……

▼※▲▼※▲▼※▲▼※▲

「松……松雅先生醒醒啊——」

蒲松雅睜開雙眼，先瞧見天頂的明月，接著才看到胡媚兒、荷二郎與宋燾正的臉。

他躺在碎石地上，左右是兩名狐仙與城隍之弟。狐仙們扣住他的手與肩膀，城隍之弟則維持用左手甩巴掌的姿勢——方才的刺痛感來自於此。

「我……」蒲松雅抬起手按壓額頭問：「我怎麼會在這裡？」

「你被寶樹姥妖甩飛，在地上滾了兩圈還撞到石頭。」胡媚兒回答。

「甩飛？我明明記得阿芳抓住我，他……」

蒲松雅的背脊倏然一陣顫慄，他撐起上半身，朝寶樹姥妖所在位置看去，一分鐘前還洋溢駭人氣魄的巨木，此刻不只枝葉落盡，樹身還由紅轉白，看不見一點生息。

「……被吸乾了。」宋𤋮公在蒲松雅背後說話，掐緊拳頭低聲道：「你弟弟竟然……怎麼會有這種事？」

「吸乾？」蒲松雅站起來，面向宋𤋮公錯愕的問：「阿芳做了什麼？發生什麼事？」

「……」

「喂，回答我！阿芳他沒事吧！」

「我很好呦。」

蒲松芳的聲音從樹中傳出，他走出樹洞，衣褲上仍留著被樹藤貫穿時的破洞，但是手腳上都不見傷口，臉上也不見當時的蒼白虛弱。

蒲松雅鬆一口氣，跨步想走向兄弟，卻被胡媚兒與荷二郎同時拉住。

「喂，你們兩個……」

「不能過去！」

胡媚兒與荷二郎同聲大喊，雙雙握緊蒲松雅的手。

蒲松雅被兩人握得發疼，縮了一下肩膀問：「為什麼不能過去？現在那裡只有阿芳，不是嗎？」

「就是只剩松雅先生的弟弟，所以才不能過去啊！」胡媚兒搖頭強調。

「我為什麼不能去我弟身邊！」

「阿雅，你就別為難自己的女友了。」蒲松芳笑著揮手，拍拍身上的木屑道：「因為我剛剛當著他們的面，反噬了道行兩千多年的大妖怪，你的朋友和女朋友當然會怕我。」

「反噬？」蒲松雅問。

「反過來被吞噬。」蒲松芳晃著食指道。

「啊？」

「你弟像之前吸乾胡瓶紫一樣，把寶樹姥妖吃乾抹淨了啊！」

宋燾公代替蒲松芳解釋，驚愕也驚恐的道：「胡瓶紫就算了，他道行淺，對你也沒防備，但寶樹姥妖可不是啊！她活得比我們在場所有人加起來還久，搞不好還有在研究對付兩界走的法術，你怎麼可能吞掉她？」

「只有我的話，當然不可能。」

蒲松芳聳聳肩膀，踢踩著腳邊的枯樹藤道：「寶樹奶奶害怕我的力量，所以一方面拿我的血在自己體內刻下護身咒，另一方面又在給我的續命驅陰丸中添加自己的樹液，想控制我。」

「那你是怎麼……」宋燾公問。

「我不是說了嗎？『只有』我的話不可能。」

蒲松芳望向蒲松雅，張開雙手喜悅的道：「這是阿雅的功勞！我雖然能藉由同化樹液的氣來掙脫奶奶的控制，卻打不破她身上的防護，但如果是阿雅的話就可以，因為世界上沒有阿雅打不開的東西！」

蒲松雅抖了一下肩膀，他想起自己打開的骨頭籠子、寶樹姥妖忽然失去理智的猛攻、手機中的自拍照，還有眼前跪倒的鬼差……他腦中浮現一個可怕的猜測。

「阿芳，你該不會……」

蒲松芳望著雙胞胎弟弟，難以置信的問：「你那六張照片不只是想叫我過來，也是刻意引城隍府和老闆到蘭若寺，借他們的力量先削弱寶樹姥妖，再趁亂要我破壞她身上的護身咒？」

「欸，是這樣嗎？」蒲松芳反問，偏頭思索道：「我想想啊……如果城隍爺沒有帶隊殺進來，只有阿雅一個人過來，金華那老太婆肯定會馬上抓住阿雅；而就算阿雅沒被抓住，順利和我會合，奶奶那麼硬又那麼陰，我吞下去噎死的機率也很高……好像真的是這樣！一箭雙鵰萬歲！」

「你知道吞噬妖怪會有什麼後果嗎？」

荷二郎厲聲問著，看著擁有人類軀殼卻妖氣逼人的蒲松芳道：「妖力會侵蝕你的魂魄和肉體，讓你成為不生不死的嗜血腐屍鬼，就算你能控制住妖力，你也會變成不屬人、不屬妖、不見容於天地人三界的魔人啊！」

「但我也會得到力量。」

蒲松芳一拳捶上蒼白的樹身，看著參天神木碎裂崩塌道：「對這個世界而言，沒有比力量更重要的事物，有力量就能獲得一切。」

「你想獲得什麼？」宋燾公以充滿戒備的口氣問：「你想用千年老妖至陰至邪的力量取得什麼？」

蒲松芳笑了笑，將食指壓上嘴脣道：「秘密。」

「秘密你阿祖！現在說，或者被我押回城隍府在地牢裡跪著說，自己選一個！」宋燾公怒吼，他抽出城隍爺的令牌，殿外的鬼差們也呼應吼聲慢慢站起來。

蒲松雅嚇一跳，趕緊站到弟弟與宋燾公之間，「宋燾公你想幹什麼？阿芳是做了很嚇人的事沒錯，但也僅此而已，因為這樣就要把他押回地牢，這也太過分了吧！」

「我抓你弟是為了他好！要不然等他幹出更嚇人的事，驚動天府派出天兵天將下來，那可不是關地牢就能解決的了！」

「更嚇人的事是……」

「阿雅，沒關係的。」

蒲松芳一派輕鬆的揮手，他彎腰挖挖寶樹姥妖殘軀，翻出一個小小的骨灰罈，抹去罈上的木屑道：「你的朋友照顧自己就來不及了，哪有餘力攔住我？」

蒲松雅愣住，還沒聽懂弟弟的暗示，就忽然被胡媚兒撲倒壓在肚子上。

「胡媚兒，妳做……」

蒲松雅話才說了一半，血紅色的風就由弟弟的掌中颳出，捲走寶樹姥妖的殘骸，更將在場的仙、妖、鬼、人差統統掃倒。

唯一沒倒下的是聶小倩，因為紅風在吹向她時拐了一個彎，托起受創甚深的女鬼，將對方帶到風眼——蒲松芳的面前。

蒲松芳接住聶小倩，抱著虛弱的女鬼問：「小倩，還使得出遁地術嗎？」

「可以。」聶小倩道。

「太好了，回我們愛的小屋吧。」

蒲松芳放下聶小倩，打一個響指收起紅風。

蒲松雅總算能睜開眼睛，他抬頭看向蒲松芳，直覺對方想逃跑，立刻大吼道：「等一下阿芳，你要上哪去？我不會再讓你從我面前消失！」

「我忙完就會回來。」蒲松芳對著惶恐的雙胞胎兄長笑道：「不用擔心，這次我會贏，徹徹底底的贏。」

「贏什麼？」蒲松雅問。

「贏過所有傷害過我們的人。」蒲松芳回答。

他牽起聶小倩的手，下一秒兩人就消失在空氣中。

蒲松雅盯著空無一人的碎石地，嘴唇由微顫轉為劇顫，最後發出綿長的嘶吼——

「阿芳——」

尾聲

我沒有哭！那是洋蔥……

寶樹姥妖討伐作戰以一半成功、一半失敗告終。

成功的是城隍府如願逮捕寶樹姥妖的大弟子烏金華、摧毀寶樹姥妖的真身；失敗的則是他們沒能將蒲松芳帶回來，還意外讓對方取得寶樹姥妖的妖力，帶著姥妖的另一名左右手聶小倩逃跑。

一個以掃除隱憂為目的的作戰，卻觸發了下一個憂患，這是每個人與鬼都不願意見到的發展，但是無人對此抱怨或責罵出戰者，因為所有人都盡力了。

而在無力之下，休息與療養是前進的唯一方法。

「為您報導下一則新聞。臺北市內的一級古蹟蘭若寺昨晚驚傳瓦斯氣爆，消防隊員趕到時火勢已經蔓延整座寺院，雖無人傷亡，但寺院本體與寺內生長的百年神……」

蒲松雅坐在荷洞院十三樓、荷二郎開設的精怪診所等候室內，在自家貓狗的陪伴下，看著牆上的電視機發呆。

說來諷刺，當蒲松雅搬入荷洞院時，他是四人中傷勢最重的，可是當他們從蘭若寺回來時，他反而成了唯一完好無缺的人，荷二郎、胡媚兒和宋燾正三人全在返回大樓後，就各自回房間或直接被抬進手術房。

「對不起松雅先生，我不行了……」

胡媚兒送宋燾正進手術房後，先咳血再吐出這句話，接著雙眼一閉昏倒在白色地板上。

狐仙微弱的話語在蒲松雅耳邊迴盪，他握緊拳頭，在心中責罵胡媚兒的笨拙，以及自己的遲鈍莽撞。

如果他當時再冷靜一點，胡媚兒就不用以身為盾保護自己；如果他能看得更清楚一些，就可以提前識破弟弟真正的企圖；如果他更有用一點，這一切就……

「不好意思，請問您要用早餐嗎？」

柔軟的女子聲將蒲松雅拉回現實，他轉頭往聲音源看，瞧見一名有著狐耳的長髮女護士，握著餐車的推桿站在自己的右手邊。

女護士勾著嘴角，露出甜美如棉花糖的笑容問：「餐點部分，有中式的飯糰和西式的三明治；飲料部分，豆漿、紅茶、綠茶、咖啡、鮮奶和礦泉水都有，您需要哪一種？」

「……」

「先生？」

女護士輕喚，她看蒲松雅毫無反應，於是彎下腰靠近對方的臉問：「怎麼了？身體不舒服？需不需要我找醫生過來？」

蒲松雅沒有答話，他看著女護士豔麗如牡丹花的容顏、領口內深長的乳溝、水蛇一般的細腰、圓翹的臀部與修長白皙的腿，垮下肩膀低聲問：「……老闆，你是想整我，還是個人興趣？」

女護士——荷二郎愣了一下，直起腰桿意外的問：「你怎麼知道是我？我明明從頭到腳都變了。」

「你的耳朵沒變。」蒲松雅指指荷二郎頭上的銀白雙耳道：「換了臉卻忘記換自己的動物特徵，你也太糊塗了。」

荷二郎動動頂上的尖耳，坐到蒲松雅身邊交疊起長腿道：「小松雅，一般人類可沒辦法單靠耳朵認動物喔。」

「那是他們沒認真看。」

蒲松雅起身繞過荷二郎來到餐車前，從車上拿起三明治和紅茶，仰望窗外初升的太陽低語：「已經早上了啊……我完全沒注意到。」

「是啊，已經六點了，你在椅子上坐了將近八小時呢。」荷二郎伸出手，「小松雅，我

要飯糰和咖啡。」

蒲松雅微微皺一下眉，抓起一包飯糰和一罐鮮奶，放到自家老闆的手上，「你是來討早餐還是要早餐的?拿去，傷患不要喝咖啡，會妨礙鈣質吸收。」

「我不是傷患呦。」

「騙人，你當我沒看見你進荷洞院時，臉色白得像紙嗎?」蒲松雅邊說邊走回座位上，撕開三明治的包裝咬上一口，沉默片刻後開口道：「對不起。」

「為什麼道歉?」荷二郎問。

「為我沒有信任你們。」

蒲松雅微微掐緊三明治，盯著手中缺了一角的麵包、生菜和煎蛋，「如果我有將阿芳的訊息轉交給你們，你、胡媚兒、宋燾公和宋燾正……」

「可能會死在蘭若寺喔。」

荷二郎截斷蒲松雅的話語，側頭注視對方驚訝的臉道：「因為我絕對不會讓你去蘭若寺，如果你提前講，我會一大早就拿麻藥把你放倒，這樣等你醒來時，我和燾公、小正就一起去找閻羅王報到了。」

「會這樣？」

「可能會，可能不會。」

荷二郎感受到蒲松雅不滿的注目，聳聳肩膀道：「沒發生的事，誰說得準呢？小松雅你聰明歸聰明，卻一天到晚鑽牛角尖，放輕鬆點。」

「這種攸關人命的事，最好是可以輕鬆。」

「攸關人命，但沒鬧出人命。」

荷二郎將手放上胸口，看著自己的大腿道：「雖然我被寶樹姥妖震傷，失去一部分的靈氣，不過這點小傷休息一週就能恢復；小正手腳骨折，踩在失血過多的邊緣，但並無大礙；小媚兒瘀青、陰氣入體外加內出血，可是並沒有受到無法復原的傷害，這不就夠了嗎？」

「我不覺得這能……」蒲松雅停頓幾秒道：「等一下，你沒說到宋燾公，他呢？」

荷二郎的目光微微轉黯，露出苦笑道：「宋先生……我想他還在蘭若寺收拾善後，要等一切處理完畢後，才會去找冥醫檢查身體，屆時才會知道他的狀況。」

「依你的判斷，他的狀況是糟還是好？」

荷二郎張口再閉口，猶豫許久後選擇吐出實話：「大概介於糟和很糟之間。他的魂核可

能被寶樹姥妖打傷了，沒處理好會魂飛魄散。」

「那他還不去看醫生，留在蘭若寺指揮鬼差？」

「宋先生是工作狂啊！」

荷二郎笑了笑，斜眼瞄向蒲松雅道：「現在是擔心別人的時候嗎？小松雅，你的女朋友忤逆的城隍爺和天仙，這該當何罪啊？」

蒲松雅愣住，放下三明治和紅茶急切的道：「喂！我在蘭若寺裡不是說過了嗎？這不干胡媚兒的事，一切都是我的決定，你們要罰人就罰我，別拿胡媚兒開刀！」

「她至少是共犯。」荷二郎轉開頭看天花板。

「她只是被我騙過去，並沒有犯意！」

「這難說呢。」

「不是難說，是不用說！」

「好啦、好啦，別那麼生氣。如果小松雅希望從輕處置，那也不是不可能，只要……」

荷二郎驟然靠向蒲松雅，戳著對方的胸口道：「讓我睡你的大腿。我聽小媚和你家的孩子說過，你的大腿躺起來很舒服。」

「……」

「開玩笑的，小……」

「現在嗎？」蒲松雅問，同時將蹺起的腳擺平。

荷二郎瞪大雙眼，愣了好一會才微微揚起嘴角，將餐點飲料放到一邊，側身躺上人類的大腿，閉起雙眼輕聲問：「小松雅，你真的愛上小媚兒啦？」

「閉嘴！」蒲松雅紅著臉低喊。

他放鬆身體慢慢調整坐姿配合荷二郎，抬起頭仰望牆上的電視，在連看三條社會新聞後，還是忍不住開口問：「老闆，你們會怎麼處置阿芳？」

「目前還不知道。」荷二郎闔著雙眼道：「過去雖然不乏凡人吞妖成魔的例子，但其中並沒有兩界走，所以沒有前例可循，必須等天庭與地府做出定奪，我才能回答你。」

「他們會把阿芳抓起來殺掉嗎？」蒲松雅握起右手問。

「抓是一定要抓，至於抓起來後要殺、監禁還是淨化，就要看小松芳自己的造化了。」

「淨化？」

「如果小松芳和寶樹姥妖的連結沒有很深，也許能將姥妖的妖氣從他身上驅除，讓他恢復原狀。」

荷二郎握住蒲松雅的右手，輕拍對方的拳頭道：「總之，雖然艱難，但還不到絕望的時候。我和宋先生都會盡力保住小松芳的命，安心吧。」

蒲松雅沉默，縮起的手指慢慢展開，反握住荷二郎的手。

就在兩人十指交扣之時，胡媚兒所待的手術房的「手術中」燈箱滅去，驚動了椅子上的蒲松雅。荷二郎察覺到蒲松雅的變化，睜眼朝手術房看了一眼，爬起來拍拍對方的腿道：「去吧。」

蒲松雅猛然站起來，奔向手術室，一頭撞上從裡頭走出來的兔耳醫生。

「小、小心啊！」兔耳醫生扶住蒲松雅。

蒲松雅抓著兔耳醫生的手臂，萬般急切的問：「胡媚兒沒事吧！」

「她沒事，只是麻藥還要幾個小時才會退，你現在進去……松雅少爺！」

蒲松雅拋下兔耳醫生，推開手術室的門，跑到被點滴架與儀器圍繞的病床邊，在床上找到讓他膽顫心驚八小時的棕狐。

胡媚兒闔著雙眼，三條尾巴垂在病床邊緣，狐身上蓋著白色的薄被子，被子隨著呼吸規律起伏。

蒲松雅朝胡媚兒伸出手，遲疑了幾秒才撫上狐仙的頭，再停頓幾秒彎下腰隔著白布抱住對方，聽著胡媚兒的心跳與呼吸聲，感受對方的體溫透過皮膚深入自己的骨髓，鼻頭忽然一陣微酸，眼淚也隨之落出眼眶。

他從沒想過，自己會因為一個人一隻狐暈倒就大亂陣腳，更沒想過只不過是確定同一人同一狐脫離險境，就高興到哭出來。

「松……雅先生？」

細微的喊聲傳進蒲松雅的耳中，他鬆手直起腰桿，發現胡媚兒微微張著眼，迷迷糊糊的注視自己。

「松雅先生……在哭？」胡媚兒問，她想抬頭看清楚蒲松雅臉，卻只動了一下就被對方壓回床上。

蒲松雅抹去眼淚，將發抖的手藏在床底下道：「怎、怎麼可能……是洋蔥，我剛切了一堆洋蔥。」

「洋蔥……」胡媚兒的耳朵震動一下，嚎嗚一聲道：「海鮮咖哩……我想吃……龍蝦

的……咖哩。」

「等妳麻藥退了，醫生說妳可以吃後，我再煮給妳吃。」蒲松雅軟言說道。

「真的？」

「騙妳的話，我就幫妳做一年份的便當。」蒲松雅抿起嘴，撫摸著胡媚兒的頭道：「所以妳先睡一下，睡醒後妳就沒事了。」

胡媚兒點點頭，她闔上雙眼，在進入夢鄉前輕聲道：「松雅先生也是……會沒事的。」

蒲松雅的手震動一下，他仰頭注視熄滅的手術燈，腦中浮現枯白的寶樹姥妖、身纏妖風的親弟弟，以及宋燾公驚恐的臉。

「一切都會沒事……嗎？」

蒲松雅低語，問著自己，更問不在此地的兄弟。

他不知道蒲松芳打算做什麼，但很肯定吞掉寶樹姥妖只是弟弟計畫的第一步，而此計畫的第二、三、四、五步，以及計畫達成後會帶來什麼影響，他完全不清楚。

蒲松雅只覺得有人在自己的胸口藏了一塊大石，他想挖出石頭，卻找不到石頭在哪，只有沉重感緊緊勾住心臟。

他有預感，如果無法找出石頭的位置，那麼自己將會再度失去重要的人，而這個人有很高的機率是失而復得的胞弟、眼前深深入睡的狐仙，或是手術房外微笑討膝枕的天狐。

……他不想再失去任何人了。

蒲松雅握緊低垂的手，在心中告訴自己，更要求自己——一切都必須沒事。

《松雅記事之五・純情女友俏狐仙》完

敬請期待《松雅記事之六》精采完結篇！

My Voice Actor Prince 01
我的聲優王子
~Love恋~
01
NOVEL 墨子都
ILLUST Jond-D
當聲控飯少女遇上聲優「陛下」&男神「蜀黍」
二次元到三次元錄音室的
愛的宣言！
陛下「朕想要的，不過僅是妳一人！」
蜀黍「當我的女朋友好嗎？」
小葵「……」(◎o◎)
——媽咪，妳女兒終於不再滯銷了！
Duoex
典藏閣
華文聯合出版平台
www.book4u.com.tw
采舍國際
www.silkbook.com
不思議工作室_
立即搜尋
版權所有© Copyright 2015

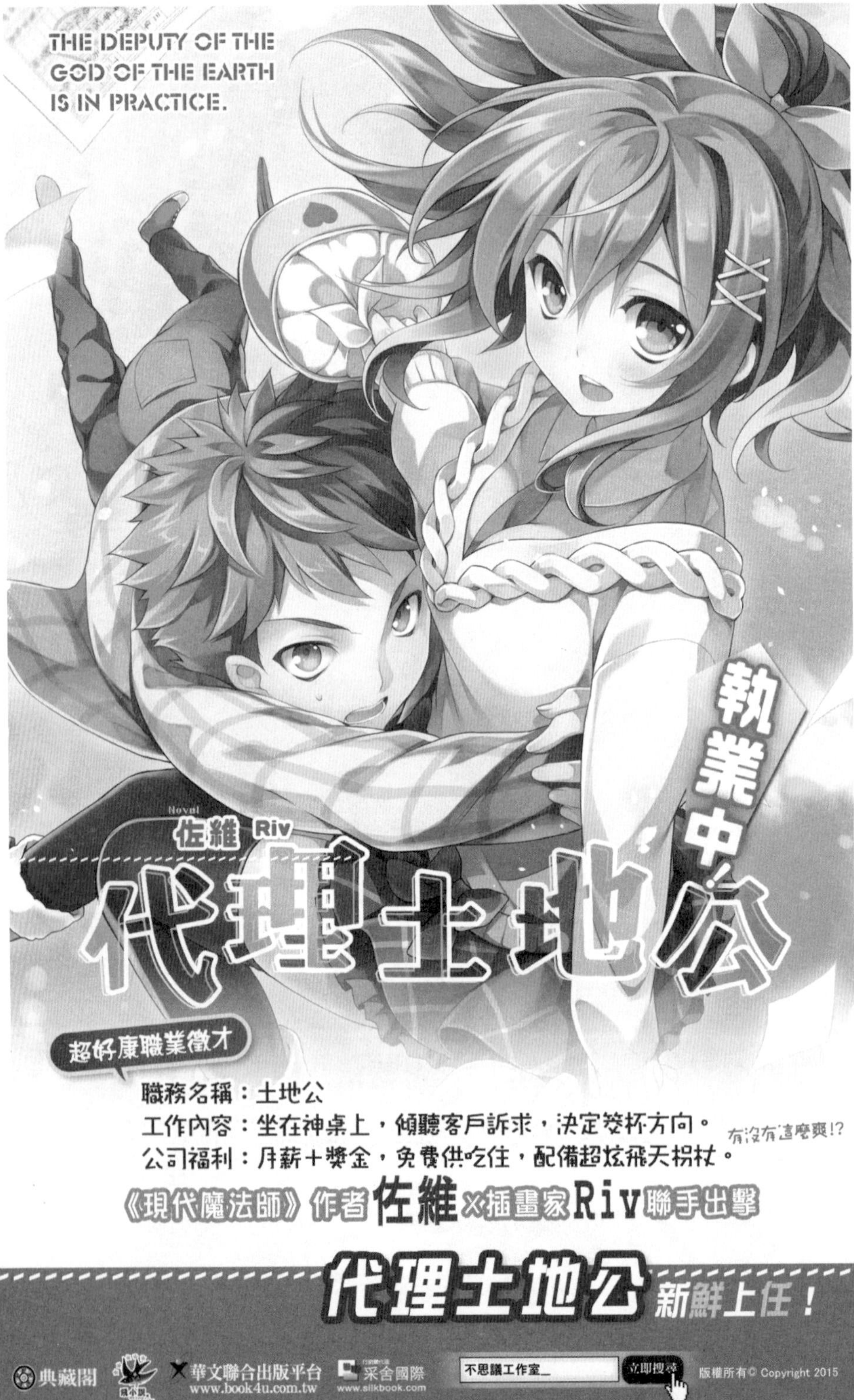
THE DEPUTY OF THE GOD OF THE EARTH IS IN PRACTICE.
執業中
Novel 佐維 Riv
代理土地公
超好康職業徵才
職務名稱：土地公
工作內容：坐在神桌上，傾聽客戶訴求，決定筊杯方向。
公司福利：月薪＋獎金，免費供吃住，配備超炫飛天枴杖。
有沒有這麼爽!?
《現代魔法師》作者佐維×插畫家Riv聯手出擊
代理土地公 新鮮上任！
典藏閣
華文聯合出版平台 www.book4u.com.tw
采舍國際 www.silkbook.com
不思議工作室_
立即搜尋
版權所有© Copyright 2015

飛小說系列126

松雅記事之五

純情女友俏狐仙

出版者■典藏閣
作　者■M.貓子　繪　者■麻先みち
總編輯■歐綾纖
製作團隊■不思議工作室
郵撥帳號■50017206 采舍國際有限公司（郵撥購買，請另付一成郵資）
台灣出版中心■新北市中和區中山路2段366巷10號10樓
電　話■(02)2248-7896　傳　真■(02)2248-7758
物流中心■新北市中和區中山路2段366巷10號3樓
電　話■(02)8245-8786　傳　真■(02)8245-8718
ISBN■978-986-271-597-0
出版日期■2015年5月

全球華文國際市場總代理／采舍國際
地　址■新北市中和區中山路2段366巷10號3樓
電　話■(02)8245-8786　傳　真■(02)8245-8718

新絲路網路書店
地　址■新北市中和區中山路2段366巷10號10樓
網　址■www.silkbook.com
電　話■(02)8245-9896
傳　真■(02)8245-8819

☞**您在什麼地方購買本書？**☜

1. 便利商店（＿＿＿＿市／縣）：□7-11　□全家　□萊爾富　□其他＿＿＿＿

2. 網路書店：□新絲路　□博客來　□金石堂　□其他＿＿＿＿

3. 書店（＿＿＿＿市／縣）：□金石堂　□誠品　□安利美特animate　□其他＿＿＿＿

姓名：＿＿＿＿地址：＿＿＿＿

聯絡電話：＿＿＿＿　電子郵箱：＿＿＿＿

您的性別：□男　□女　　您的生日：西元＿＿＿＿年＿＿＿＿月＿＿＿＿日

（請務必填妥基本資料，以利贈品寄送）

您的職業：□上班族　□學生　□服務業　□軍警公教　□資訊業　□娛樂相關產業
□自由業　□其他＿＿＿＿

您的學歷：□高中（含高中以下）　□專科、大學　□研究所以上

☞**購買前**☜

您從何處得知本書：□逛書店　□網路廣告（網站：＿＿＿＿）　□親友介紹
（可複選）　□出版書訊　□銷售人員推薦　□其他＿＿＿＿

本書吸引您的原因：□書名很好　□封面精美　□書腰文字　□封底文字　□欣賞作家
（可複選）　□喜歡畫家　□價格合理　□題材有趣　□廣告印象深刻
□其他＿＿＿＿

☞**購買後**☜

您滿意的部份：□書名　□封面　□故事內容　□版面編排　□價格　□贈品
（可複選）　□其他

不滿意的部份：□書名　□封面　□故事內容　□版面編排　□價格　□贈品
（可複選）　□其他

您對本書以及典藏閣的建議＿＿＿＿

＿＿＿＿

＿＿＿＿

✌未來您是否願意收到相關書訊？□是　□否

✍**感謝您寶貴的意見**✍

印刷品

$3.5
請貼
3.5元
郵票
不思議信箱
FUSIGI POST

235 新北市中和區中山路二段366巷10號10樓
華文網出版集團　收
（典藏閣－不思議工作室）